ピーターとファッジのどたばた日記

Tales of a Fourth Grade Nothing

著者　ジュディ・ブルーム
翻訳　滝宮 ルリ
監訳　西田 登

ピーターとファッジを足して二で割ったような息子ラリーへ、そして新聞記事などでドリブルのヒントをくれたベビーシッターのウィリー・メイへ。

目次

1　初めてのペット

ジミー・ファーゴの誕生パーティーでカメのドリブルを手に入れた。ほかの友だちは、小さなビニール袋に入った金魚一匹がお土産《みやげ》だった。ジミーのママがジャーに入ったジェリービーンズの数当てクイズを出したとき、ぼくは「三四八個」と答えた。正解は四二三個だったけど、ぼくのいった数が一番近かったから「ピーター・ウォーレン・ハッチャーが一等賞！」に輝いたわけだ。

最初は金魚じゃなくてがっかりした。けどジミーがくれたガラスの水そうを見ると、水が少しと石が三個、そして一番大きな石の上に小さなミドリガメが眠ってる。ほかのみんなは自分たちの金魚を見つめながら思ったに違《ちが》いない。ミドリガメの方がよかったなって。

カメの名前はドリブルにした。パーティーから帰る途中で決めた。ぼくの家は西六八番通り二五番地の古いアパートだけど、エレベーターはニューヨーク市でも最高レベルだ。鏡張りで、いろんな角度から自分の身だしなみをチェックできる。やわらかなクッション付きベンチもあって、立ってられないほど疲れた時はそこに座ればいい。エレベーターを操作してるのはヘンリー・ベヴェルハイマーさんだけど、「ベヴェルハイマー」なんて舌をかみそうだし、本人が「『ヘンリー』でいいよ」といってくれるので、そう呼ばせてもらってる。

ぼくたち家族が住んでるのは一二階だけど、それはいわなくても大丈夫。ヘンリーは記憶力ばつぐんで、誰が何階の住人かちゃんと覚えてる。もちろん、ぼくが九歳で小学四年生だってことも。

ぼくはさっそくヘンリーにドリブルを見せた。「友だちの誕生パーティーでもらったんだ」

ヘンリーは笑っていった。「お母さん、びっくりするだろうね」

ママはびっくりして口をぽかんと開けた。ヘンリーのいった通りだ。「ジミー・ファーゴの誕生パーティーでもらったんだ。名前もつけたよ。ドリブルっていうんだ。カメらしくていい名前でしょ?」ぼくは説明しながら、小さなミドリガメを見せた。

ママは顔をしかめていった。「いやなにおいね」

「どういうこと?」ぼくはきいた。ドリブルに鼻を近づけてみたけど、カメのにおいしかしない。カメなんだから当たり前だけど。

「でも、ママはカメの世話なんてごめんだわ」

「わかってるよ。ぼくのカメなんだから、世話は自分でする」

「水をかえたり、水そうを掃除《そうじ》したり、エサをやったり、ちゃんとできる？」

「できるよ。もっといろいろやる。ドリブルが喜ぶところを見たいからね」

　ママは納得しきれずに、不満そうな声をもらした。


　ぼくは自分の部屋に行って、ドリブルをドレッサーの上においた。これから一緒に暮らせるね、というつもりで頭に手をやろうとしたけど、カメをなでるって簡単なことじゃない。表面がかたくて毛はないし、返事代わりに指をなめてくれるわけでもない。それでもやっと、ぼくだけのペットを手に入れたんだ。

　夕食の時間になって、テーブルにつくとママがいった。「カメのにおいがするわよ、ピーター。もっと手をしっかり、こすり洗いしてきなさい！」


　ぼくが一番苦手な人はママだと思う人がいるかもしれない。ママはカメが好きじゃないし、手をちゃんとこすり洗いしろとか、とにかく口うるさい。「こすり洗い」っていうのは、ただ水でさっと流すだけじゃなくて、石けんを使って手をごしごしこすりあわせて洗うことだ。それから手の泡《あわ》をすすいでかわかす。そんな手順もすっかり覚えてしまった。耳にたこができるほどいわれりゃ誰だってそうなるよ！

けどぼくが一番苦手なのはママじゃないし、CM制作会社で働くパパでもない。仕事がらいつもテレビを見てるパパが最近気に入ってるのは、自分が担当したジューシーOのCMだ。ジューシーO《オー》社の社長もとても気に入ってるみたいで、家族で飲むためのジューシーOを大箱でパパに送ってくれた。オレンジとパイン、グレープフルーツと洋ナシとバナナをミックスしたような味のジュースで、困ったことにあんまりおいしくない。けどジューシーOも、一番苦手っていうほどじゃない。

ぼくが一番苦手なのは、弟のファーリー・ドレクセル・ハッチャーだ。二歳半になる弟は、みんなにファッジって呼ばれてる。でたらめなんてあだ名《ファッジ》のまま大きくなったらかわいそうな気もするけど、それを口に出したりはしない。困るのは弟で、ぼくじゃないから。

ファッジはいつもぼくのじゃまをする。目に入ったものは何でもめちゃくちゃにするし、気に入らないことがあると床に寝ころんで金切り声をあげる。足をばたつかせたり、こぶしでどんどんたたいたりもする。あいつを好きになれるのは、そう、寝てる時くらいだ。左手の指四本をしゃぶって、ぴちゃぴちゃ音を立てながら眠るのは気になるけど。

ファッジはドリブルを見ると、「わあ、ねえ、みて!」といった。

ぼくはすかさず、「それはお兄ちゃんのカメだからな。いいか? おまえはさわるなよ」とくぎを刺《さ》した。

ファッジは「さわんない」といって、大声で笑った。

2　ジューシーO《オー》騒動

ある夜パパが会社から帰ってきて、やけにそわそわしながらぼくたちにいった。「ヤービーさんが奥さんを連れてニューヨークにやってくる」ヤービーさんはジューシーO社の社長で、シカゴに住んでる。パパにまたジューシーOを一箱くれるんだろうか。死ぬまでジューシーOを飲まされるなんて冗談《じょうだん》じゃない。考えただけでお腹が痛くなる。

パパはヤービーさん夫妻をうちに招待したという。ママがいった。「ホテルに泊まってもらえばいいのに。ニューヨークへ来る人はたいていそうしてるじゃない」パパはいった。「確かにそうだが、うちでもてなしたいから招待したんだ。そのほうが快適だろう?」

ママは「そんなバカげた話ってある?」といいながら、結局お客さんを泊められるようにファッジの寝室を整えた。ふだんはソファとして使ってる折りたたみ式ベッドを高級っぽく見せようと、上等なシーツや真新しい毛布をかけた。この部屋はもともとリビングとして使ってたけど、今はファッジの部屋だ。ファッジが生まれる前、ぼくたちはみんなここでテレビを見た。よくおばあちゃんが、その折りたたみ式ベッドでうたた寝してたっけ。今みんなでテレビを見るのは、本来リビングとして使われるはずだった広間だ。そこでおばあちゃんが眠りこむ姿はあまり見なくなった。

ママは、ファッジのベビーベッドをぼくの部屋へ移した。三歳になったら普通のベッドで寝させるから、とママはいう。今夜は弟と相部屋か。それをいやがる理由はいくつもある。たとえば二か月くらい前、ぼくの部屋の壁《かべ》がぬりかえられて、ペンキのにおいでせきが止まらなくなって、仕方なくファッジの部屋で三日くらい寝ることになった。まずうんざりさせられたのはファッジの寝言だ。まともな神経の持ち主ならまず耐《た》えられないだろう。もう一つは指しゃぶりの音。起きてる時ならいい。けど寝る時くらいは静かにしてほしい。

だからファッジと同じ部屋では寝たくない、といってみたけど、ママは「ピーター、たった二晩のことでしょ」ですませようとした。

「ぼく、リビングで寝るよ。ソファか、椅子《いす》にでも」ぼくは食い下がった。

「だめよ。自分の部屋で寝なさい。自分のベッドでね！」

ママはそういい張って一歩もゆずらなかった。

それからママはキッチンにこもりきりになって、次から次へと料理をした。鍋《なべ》を全部使ってしまったから、ファッジが打楽器みたいにたたきあわせて遊ぶことはできない。それはお気に入りの遊びの一つだけど、その音をきいた人はもれなくひどい頭痛に苦しめられる。

　昼食が終わるとすぐ、ママは夕食のテーブルを用意しはじめた。うちには子ども用のダイニングなんてない。だから夕食にお客さんを招く時はいつも、ぼくたち子どもはリビングの端《はし》で食べることになる。ママはテーブルに食器を並べ終えると、銀のボウルに花をいけて中央に飾《かざ》った。

ぼくはいった。「ねえママ、まるで大統領でも来るみたいだね」

「何をいってるの、ピーター！」

　ママはぼくの冗談《じょうだん》に笑い転げることもあるけど、わからないふりをすることもある。今回は、意味はわかるけど気に入らないらしい。夕食がすむまで冗談をいうのはやめにしよう。

　ぼくは午後の数時間をジミー・ファーゴのところで過ごして、四時頃うちに戻った。ママは夕食のテーブルの前にいて、何かぶつぶついってる。ファッジは床に座りこんでパパの靴下で遊んでる。靴下の何がそんなに面白いのかわからないけど、二、三足与えておけばしばらくほったらかしにしておける。

　ぼくは声をかけた。「ただいま、ママ」

　するとママがいった。「花が二輪なくなってるの」

　どうしてママは、銀のボウルから花が二輪消えたことに気づいたんだろう。まだ一ダースは残ってるのに。けどよく見てみると、花がとれて茎《くき》だけになったバラが二本目についた。

「そういう目で見るのやめてくれる、ママ？　ぼくが花なんか欲しがるわけないんだからさ」

ぼくとママはファッジを見た。「ママのきれいなお花、とったの？」ママがきいた。

「とってない」ファッジは答えたけど、何かをくちゃくちゃかんでる。

「お口に何を入れてるの？」

ファッジは答えない。

「ママに見せなさい！」

「みちぇない」

「見せなきゃだめ！」ママはファッジを抱《だ》きあげて口をこじ開けると、バラの花びらをとり出した。

ママは顔色を変えて、声をあげた。「大事なお花をどうしたの！」

ファッジは笑った。

「いいなさい！」

「おいちいんだもん。すっごくおいちい」

「なんてことを！」ママは大声でいうと、急いで電話をかけにいった。

ママは、コーン先生が電話に出ると「ファッジが花を二輪食べてしまったんです」と説明した。先生は花の種類をたずねたに違いない。その証拠《しょうこ》にママはこう答えた。「バラ、だと思います。でもわからないんです。デイジーも一輪食べたかもしれません」

ママはしばらくだまって先生の言葉に耳を傾《かたむ》けると、「ありがとうございました、コーン先生」といって電話を切った。

「もうお花を食べちゃだめよ。わかったわね？」

「たべない、たべない」ファッジはくり返した。

ママはファッジに、スプーンでペパーミント味の薬を一杯だけ飲ませた。ぼくも腹痛を起こした時に、同じような薬を飲まされる。ママはファッジを抱きあげるとバスルームへ行って、風呂《ふろ》に入れた。

花を食べたくらいで大騒《おおさわ》ぎしなくてもいいのに。けど、花ってどんな味がするんだろう。意外とおいしかったりして。食べたことないからわからないけど。ぼくは試しにピンクのバラから花びらを一枚ちぎって口に入れた。かもうとしたけど、無理……ひどい味だ。ぼくはごみ箱に花びらをはき出した。まあ、これも貴重な経験だし、やらないよりはましってことにしておこう。

ファッジはお客さんがくる前に、キッチンで簡単な夕食をとった。そのあいだ、ママがいいきかせる声がきこえた。「ファッジ、今夜はいい子にしててね。パパのお友だちがいらっしゃるんだから、とびきりいい子でいるのよ」

「いいこ、いいこ」

「そうそう、いい子でね！」ママはうれしそうにいった。

ファッジが食べてるあいだにぼくは着がえをすませて、手をこすり洗いした。これでお客さんと一緒に食事ができる。九歳にもなれば、それなりにいいことだってあるんだ！

パパがヤービーさん夫妻を連れて帰ってきた。ママはすっかりドレスアップしてる。昼間のほとんどをキッチンで過ごしたとは思えない姿だ。ファッジも花を二輪食べたなんて信じられないくらいごきげんで、いいにおいまでさせてる。たぶんベビーパウダーだろう。

ヤービーさんの奥さんは、ファッジを見るとすぐに抱きあげた。思ったとおりだ。おばあちゃんと同じで、やたらと小さな子どもの世話を焼きたがるタイプらしい。奥さんはファッジをあやしながらリビングへ行くと、ソファに腰かけて、ひざの上で遊ばせた。

「なんてかわいいんでしょう！　赤ちゃんって大好き」奥さんはファッジの頭に大げさなキスをした。ファッジは赤ちゃんじゃない。誰かがそういうのを待ってみたけど、そんな度胸《どきょう》の持ち主はいなかった。

パパはヤービーさんたちのスーツケースをファッジの部屋へ運びこんで、戻ってくると、ぼくを二人に紹介した。

「上の息子のピーターです」

「九歳、四年生です」ぼくはいった。

「やあ、ピーター」ヤービーさんがいった。

奥さんはぼくに小さくおじぎをしたきり話しかけようともしない。それよりファッジに構いたくてしょうがないみたいだ。「このかわいい坊やのために、とてもいいものを持ってきたの。わたしのスーツケースに入ってるんだけど、とってきていいかしら？」

「いいよ！」ファッジは元気よく答えた。「とってきて。はやく！」

奥さんの顔がほころんだ。甘ったれたもののいい方がほほ笑ましく思えるんだろう。「すぐに持ってくるわね」奥さんはファッジをひざから下ろすと、急ぎ足でスーツケースをとりにいった。

そして赤いリボンのかかったプレゼントを持ってきた。

ファッジは目を大きく見開いて、手をたたきながら「わあ！　しゅごい！」といった。

奥さんはファッジを手伝って、プレゼントを開けて見せた。大きな音を立てて走るゼンマイ式の電車だ。何かにぶつかるたびに向きを変えながら動く。ファッジはとても気に入ったらしい。音の出るものは何でも好きなんだ。

「いいものもらったね、ファッジ」ぼくはいった。

奥さんはふり向いていった。「そうだわ。あなたにもいいものを持ってきたのよ。ええと……」

「ピーターです」ぼくは相手の言葉を継《つ》いで、さらに「ピーターっていいます」と念を押した。

「そうだったわね。ちょっと待ってて」

奥さんはまた部屋を出ていくと、今度は四角い包みを持って戻ってきた。きれいに包装されて、赤いリボンがかかってる。ぼくがそれを受けとると、ファッジも電車で遊ぶのをやめて、何をもらったのか見ようと近づいてきた。ぼくは包みをていねいに開けた。ママが包装紙をとっておきたがるかもしれないし、ファッジよりものを大切にする子だと、奥さんに思われたい気持ちもあった。プレゼントの中身は幼児向けの図解辞典だった。四歳の頃お気に入りだったのと同じもので、今はファッジの本棚《ほんだな》に並べてある。

奥さんはいった。「大きな男の子の好みはわからなくて。店員さんに相談したら、きれいなご本がいいでしょうっていうから」

きれいなご本は結構だけど、とぼくは思った。こんな絵本みたいな辞典をもらって、どうしろっていうんだ！　こっちは八歳の時に普通の辞書を買ってもらってから、ずっとそれを自分用にしてるのに。けどお礼はちゃんといわなきゃ。「どうもありがとうございました。これ、ずっと欲しかったんです」

「どういたしまして！」奥さんはそういって大きく息をつくと、ソファに腰を下ろしてもたれかかった。

パパがヤービーさん夫妻に飲みものを勧めた。

「それはいい、ぜひ」ヤービーさんが答えた。

「何がよろしいですか？」

ヤービーさんは「何がよろしいって……」と返して笑い、「ハッチャー君。ジューシーOに決まってるじゃないか！　それしかないよ。体にもいいしね」といって誇《ほこ》らしそうに胸を張った。

パパはすべて心得たかのように「もちろんです！」と調子を合わせて、「みなさんにジューシーOを！」といった。それをきいてママはすぐにキッチンへジューシーOをとりにいった。

パパとヤービーさんがジューシーOの話に夢中になってるあいだに、ファッジが姿を消した。ママがヤービーさんご自慢のジュースをコップについで配ってると、ファッジがぼくのお下がりの、ボロボロになった図解辞典を持って戻ってきた。ヤービーさん夫妻がぼくにくれたばかりのプレゼントとまったく同じものだ。

「ねえ」ファッジがいいながら、奥さんのひざに上がろうとする。「みて、ほん！」

穴があったら入りたい。パパもママも同じ気持ちだろう。

「ほら、ほん！」ファッジは辞典を高だかと持ちあげた。

「もう一冊ほしかったんです」ぼくは作り笑いをして、どうにかごまかそうとした。「ほんとに、古いのはページがばらばらになりそうだし……」

奥さんはいった。「返してくださってもいいのよ。持ってるのと同じものをもらったってしょうがないもの」赤っ恥をかいたのはぼくのせいだ、自分があげた本と同じものを持ってるぼくが悪い、とでもいわんばかりの口ぶりだ。

「ぼくの！」ファッジは声をあげて本を閉じると、しっかり抱《かか》えこんだ。「ぼくの！　ぼくの！」

「お気持ちだけで十分です」ママがいう。「うちの息子たちのことを気づかっていただいて、本当にありがとうございました」そしてファッジにいった。「ファッジ、本はお片づけしなさいね」

「ファッジはそろそろ寝る時間じゃないか？」パパがいった。

ママはファッジを抱きあげた。「そうね。ほらファッジ、お休みなさいは？」

「ファッジはおやちゅみなちゃい！」ファッジは元気にいって手をふった。

ぼくたちが夕食のテーブルにつく頃には、ファッジはもう寝てるはずだった。けど寝つきが悪い時に備えて、ママが枕元《まくらもと》に色んなおもちゃを用意しておいた。そんなことをして何になると思ってるんだろう。あいつがベッドを下りようと思えばいつでもできることくらい、とっくに知ってるはずなのに。


ファッジはしばらく部屋に引っこんでたけど、みんながまだローストビーフを食べてる最中に、ドリブルの入った水そうを持って戻ってきて、まっすぐ奥さんのほうに向かった。新しくできた友だちでも紹介《しょうかい》するつもりなのか、ファッジは奥さんの鼻先にドリブルをつき出すと、「ほら、ドリブル、みて」といった。

奥さんは金切り声をあげた。「きゃあぁーっ！　わたし爬虫類《はちゅうるい》、大っ嫌い。どこかへやってちょうだい、そんなもの！」

ファッジはがっかりしたような顔をして、今度はヤービーさんのほうへドリブルを持っていった。「みて」

ヤービーさんは大声をあげた。「ハッチャー君！　こんなもの持ってくるなと、この子にいってくれ！」

どうしてヤービーさんはパパを「ハッチャー君」と呼ぶんだろう。パパの名前は「ウォーレン」だと知ってるはずなのに。それに、ヤービーさんと奥さんがドリブルのことを「そんなもの」とか「こんなもの」とか、もの呼ばわりするのもいやだった。

ぼくはさっと立ちあがり、「返せ！」といってファッジからドリブルと水そうをとりあげて、自分の部屋に行った。ドリブルにけがは？　それは心配なさそうだ。お客さんの前で大声を出すつもりなんてなかったけど、ついむきになって、いや、腹が立ってしょうがなかったんだ。ファッジのやつ、ぼくのカメにさわっちゃだめだってあれほどいっておいたのに！

パパがぼくを呼んだ。「ピーター、こっちへ来て、夕食を食べてしまいなさい」

テーブルへ戻ると、ヤービーさんの奥さんがいった。「子どもがいるって、すごく楽しいことなのね。わたしたちには、いないものだから」

ヤービーさんがパパにいった。「わたしならもっとちゃんとしつける。昔からのマナーをしっかり教えこむのが一番だ」

「うちもしつけてはいるんですけどね、ヤービーさん」パパは自信がなさそうにいった。

ヤービーさんはきっと、うちの家族が失礼な人間の集まりだっていいたいんだ。奥さんがくれた図解辞典と同じものを持ってても、ぼくはちゃんと気を使って喜んだふりをしたじゃないか。それも失礼だっていうなら、いったい礼儀《れいぎ》って何なんだ！

ママは失礼しますといって席を立つと、ファッジをぼくの部屋へ連れていった。またベビーベッドで寝かしつけるんだろう。その前に、お兄ちゃんのものをさわっちゃだめよと念を押《お》してくれるといいんだけど。

ファッジはしばらく大人しくしてたけど、デザートの時間にまた騒ぎを起こした。ちょうどママがコーヒーをいれてる時だった。ファッジは、ぼくが去年のハロウィンで使ったゴリラのゴムマスクをかぶって走り出てきた。すごくリアルなマスクだから、ヤービーさんの奥さんが悲鳴をあげたのも無理はない。あまりの大声に、ママは床にコーヒーを全部こぼしてしまった。

パパがファッジをつかまえてマスクをはぎとった。「これは笑えないぞ、ファッジ！」ファッジは笑った。「わらえる、わらえる、おもちろいもん。ファッジはおもちろい！」

と。

「なるほどな、ハッチャー君！」ヤービーさんはいった。「これが君の考える昔ながらのマナーというわけだ！」

さすがにパパも後悔しただろう。ヤービーさん夫妻にはホテルに泊まってもらえばよかった、と。

時計の針が一〇時を指す頃、ぼくはやっとベッドに入ることができた。ファッジが指をしゃぶる音がうるさくて、いったいいつになったら眠れるんだと思ったけど、いつの間にか眠りに落ちた。けどすぐにたたき起こされた。「ブー、バ、マム、マム、ハー、バー、シー」ファッジは言葉にもならない声をあげ続けてる。もちろん意味なんてわかりっこないけど、大して気味が悪いわけでもない。ぼくが小声で「うるさい！」というと、ファッジの声はやんだ。

次の朝早く、ぼくは腕のあたりがムズムズするのを感じた。すぐには目覚めなかったし、少しくすぐったかったけど、まだ夢を見てるんだと思ってた。けど誰かにじっと見られてるような気がして、ようやく目が覚めた。

ファッジがぼくを見おろすように立ってる。そしてドリブルが、ぼくの腕の上をはってる。ぼくにこっぴどくしかられることを、たぶんファッジも予感したんだろう。その証拠《しょうこ》に、かがみこんでぼくにキスをした。ママを怒らせた時にいつも使う手だ。そうやってかわいさをアピールすれば、誰も自分を怒れないと思ってる。ママならたいていそれで許すところだけど、ぼくは許さない！　ぼくは飛び起きてドリブルを水そうへ戻すと、ファッジのお尻《しり》を思いきりひっぱたいてやった。ファッジは大声で泣きだした。

パパが、パジャマ姿で部屋に飛びこんできた。

「何をしてるんだ？」

ぼくがファッジを指さすと、ファッジもぼくを指さした。

パパはファッジを抱きあげてベビーベッドに戻すと、ぼくにいった。「ベッドに戻りなさい、ピーター。まだ朝の六時だ」

ぼくはそれから一時間くらい眠った。けど今度はすさまじい音に起こされた。ファッジがもらったばかりのおもちゃの電車で遊んでる。その音でみんなが目を覚ました。当然その中にはヤービーさんも奥さんもいたけど、今度ばかりは誰も責めようがない。なにしろファッジが遊んでる電車は、昨日自分たちがあげたばかりのプレゼントなんだから。

なんて静かな朝食だろう。みんな本当に口数が少ない。ヤービーさんはジューシーOをコップで二杯飲んでから、パパにいった。「家内《かない》とスーツケースに荷物をまとめた」朝食が終わりしだい、ホテルに移るつもりらしい。

パパはわかりましたといった。お客さんにゆったり滞在《たいざい》してもらえるほど、このアパートは広くない。ママは何もいわなかった。

ヤービーさんがファッジの部屋にスーツケースをとりにいくと、すぐに怒鳴り声がきこえた。

「ハッチャー君！」

パパはすぐに駆《か》けつけた。ママと奥さん、そしてぼくもあとに続いた。部屋に入ると、ファッジがヤービーさん夫妻のスーツケースの上に座ってた。スーツケースには緑色のシールが一〇〇枚くらいはってある。ママがスーパーでもらうシールだ。

「ほら、ね、きれい」ファッジは笑った。笑い返す人は一人もいない。ファッジは最後のシールをなめて、スーツケースの真ん中にはりつけた。「はい、これでおしまい！」ファッジは歌うようにいって万歳《ばんざい》をした。

ママは三〇分もかけて、ようやくヤービーさん夫妻のスーツケースからシールを一枚残らずはがし終えた。


次の週、パパは会社から帰ってくると、家にあるジューシーOの缶を全部まとめてゴミ箱に捨てた。パパが大事な得意先の担当からはずされたせいか、ママはきげんが悪い。「心配ないさ」パパはいう。ジューシーOはそれほどの人気商品じゃない。それにオレンジとグレープフルーツとパインと洋ナシとバナナのミックス味なんて、好きな人がいるとも思えない。

ぼくはいった。「パパ、実はぼく、ジューシーOを飲んだのはただのつきあいっていうか、好きだったからじゃないんだ。本当は大嫌い！」

「いいこと教えてやろう、ピーター。実はパパも、あのジュースはまずいと思ってたんだ！」

3　犬ならいいのに

パパがジューシーOの仕事からはずされたのはファッジのせいだなんて誰もいわないけど、ぼくは気になってしまう。パパはヤービーさんとつきあわずにすんで清々《せいせい》したっていうし、ほかの会社との仕事もけっこう忙しそうだ。トドルバイク社もその一つで、今はそこの新しいテレビCMを制作中だという。

ぼくもそのCMに出演させてもらえないかな。逆立ちもできるようになったことだし。けど逆立ちできる人間を使う予定はないと、パパにはっきりいわれてしまった。

ぼくに逆立ちを教えてくれたのはおばあちゃんだ。おばあちゃんの家に泊まりにいった夜のことで、三分くらいなら逆立ちしたままでいられるようになった。うちの家族全員がそろったリビングでやって見せると、みんな感心してくれた。特に喜んだのがファッジで、自分もやりたいとまでいいだした。ぼくが体を支えて教えようとしてみたけど、何度やっても後ろに倒《たお》れてしまう。

ファッジの絶食《ぜっしょく》が始まったのは、ぼくが逆立ちをマスターしたすぐあとのことだった。前の日までおいしそうに食べてたのに、次の日から急に何も食べなくなった。「たべるのいや！」ファッジはママにいった。

初めのうちはママもそれほど気にしてなかったけど、三日目に入っても食べないとなると、さすがに心配になった。「ファッジ、食べなきゃだめよ。もっと大きく強くならなきゃ、ね？」

「おおきくならない！」ファッジはゆずらない。

その夜、ママはパパに不安な気持ちを打ち明けた。そこでパパがファッジの気を引いてるあいだに、ママが椅子《いす》の後ろからファッジの口に食べものを入れるという作戦に打って出たけど、失敗だった。ジャグリングもオレンジも効き目なし。

けどママはとびきりの作戦を思いついた。ぼくに逆立ちをさせて、ファッジがそれに気をとられてるすきに食事をさせようというわけだ。けどキッチンで逆立ちなんて、ぼくはできればしたくなかった。キッチンの床は恐ろしくかたい。けどママはあきらめなかった。「今はファッジに食事をさせることが最優先なの。だからピーター、協力してちょうだい」

ぼくは逆立ちをした。それを見たファッジは手をたたいて笑った。口が大きく開《あ》いたすきをねらって、ママが素早くベイクドポテトをつめこんだ。

けど次の朝まで逆立ちさせられるのはさすがにごめんだった。ぼくはいった。「いやだ！　もう逆立ちはしたくない！　キッチンだろうとどこだろうとやりたくない！」さらに、「そんなことに時間をとられたら学校に遅れるよ！　それでもいいの？」とつけ加えた。

「ピーター、弟が飢《う》え死にしても構わないの？」

「構うもんか！」

「なんてひどいことを！」

「ごめん、けど、お腹が空いたら食べるだろ？　ほっとけばいいんだ！」

　その日の午後、ぼくが学校から帰ると、ファッジがキッチンの床に座りこんで、シリアルとレーズンと干しアンズの入った箱を並べて遊んでた。お願いだから食べて、とママがいってもきかない。「たべないったら、たべない！」ファッジは箱の中身を床じゅうにぶちまけた。

　ママが頼みこんできた。「逆立ちしてちょうだい、ピーター。ファッジに食事をさせるにはそれしかないのよ」

「いやだよ！　もう、逆立ちなんかしない」ぼくは自分の部屋に入ってドアをぴしゃりと閉じた。夕食まではドリブルと遊んで過ごした。どうせみんなぼくのことなんて、ファッジほど気にかけてくれないんだ。ぼくが食べなくなったって気づきもしないだろう。

　夕食の時間になっても、ファッジはキッチンのテーブルの下にもぐりこんで出てこようとせず、ついにはこんなことをいいだした。「ぼく、ワンちゃん。ワン、ワン、ワン！」

　ファッジがテーブルの下で、ぼくのズボンのすそを引っぱってくる。これじゃ食事にならない。パパが何かいうかと思ったけど、何もいってくれない。

するとママが勢いよく立ちあがって、「ひらめいたわ!」といった。「ファッジがワンちゃんなら、床に食べものを置けばいいのよ。そうすれば食べてくれるわよね?」

質問の相手がぼくなら、ファッジはそんなつもりでやってるわけじゃないと答えるだろう。けどファッジはママのアイディアが気に入ったらしく、ワンといってうなずいた。そこでママは皿に食べものを盛りつけると、テーブルの下に置いて、手をのばしてファッジの頭をなでた。まるで本当の犬みたいだ。

「ちょっとやりすぎじゃないか?」パパがいった。

ママは何も答えない。

ファッジが夕食を二口食べた。

ママはそれで満足だった。

ファッジがテーブルの下で食べるようになって一週間が過ぎると、本当に犬を飼ってるような気がしてきた。ぼくは思った。いっそファッジをかわいいコッカースパニエルととりかえちゃえばいいのに。そしたらぼくの悩みはすべて解決する。犬を散歩させて、えさをやって、一緒《いっしょ》に遊ぶんだ。夜はベッドの端《はし》で寝てくれる。けどそんな生活は夢のまた夢だ。ファッジがいなくなることはないだろうし、ぼくにはどうすることもできない。

おばあちゃんがやってきた。ファッジに食事をさせようと色いろ考えてきたみたいで、まずはミキサーでミルクセーキを作って飲ませようとした。ファッジの目を盗《ぬす》んで卵を割り入れると、「全部飲んでごらん。底にびっくりするようなものが隠れてるよ」といった。ファッジはミルクセーキを飲みほした。けどコップは空っぽ、底にはなんにも隠れてなんかない！　ファッジは怒ってコップを床にたたきつけた。コップは粉ごなになって、おばあちゃんは帰っていった。

次の日、ママはいやがるファッジをコーン先生の病院へ連れていった。先生は、放っておいてもお腹が空けば食べるようになりますよといった。

「覚えてる？　僕も先生と同じことといったの」ぼくはママにいった。「しかも無料で！」けどママはまだ納得がいかないらしく、さらに三人のお医者さんにファッジを診《み》せた。けどファッジが食べない理由は誰にもわからなかった。「息子さんの好物でも用意してやったらどうです？」なんていう先生もいたくらいだ。

ところがママは本当にその夜、ファッジの好物のラムチョップを焼いた。ぼくとパパにはシチューを作って、ファッジのためだけに小さな骨付きラムチョップを二つ皿にのせて、テーブルの下に置いた。そのにおいをかいだだけで、ぼくの腹の虫までが騒ぎだした。けどそんなにおいしそうな料理をファッジにだけ食べさせて、ぼくはおあずけなんて差別もいいところだ。

ファッジはラムチョップをじっと見てから、皿を押しのけていった。「やだ！　チョップ、やだ！」

「ファッジ、飢え死にしちゃうわよ。食べなさい！」ママは声をあげた。

「チョップはいや！　コーンフレーク！」

ママは急いでコーンフレークをとりにいって、戻ってくるとぼくにいった。「ピーター、よかったらラムチョップはあなたが食べて」

ぼくはさっそく床の上の皿に手をのばすと、ラムチョップを食べはじめた。ママはコーンフレークを入れたボウルをファッジに持たせた。けどファッジは食べようとせず、ぼくの足元に座ったまま、ラムチョップを食べるところをじっと見てる。

「コーンフレークを食べなさい！」パパがいった。

「やだやだ！　コーンフレークもたべたくない！」ファッジは大声でいった。

パパは怒りで顔を真っ赤にして、はき捨てるようにいった。「そんなにいやなら食べなくていい！　いっそ頭からかぶったらどうだ！」

へえ、それはそれで面白そうだな、とぼくは思いながら、おいしいラムチョップを心ゆくまで味わうと、骨にまでケチャップをつけてしゃぶった。

ファッジはコーンフレークをぐるぐるかきまわしながら、パパに向かってシュプレヒコールを開始した。「たーべない、たーべない、たーべない！」

パパはナプキンで口元をふくと、椅子を引いて立ちあがった。そして片手にコーンフレークのボウルを持ち、もう片方の手にファッジを抱《かか》え、バスルームに入っていった。ぼくは何が起きるのか気になって、骨をしゃぶりながらついていった。

パパはファッジをバスタブの中に立たせて、ボウルに入ったコーンフレークを頭から浴びせかけた。ファッジは金切り声をあげた。そんな大声も出せるんだ。

パパはぼくに、キッチンへ戻るように手で合図をした。そしてすぐに自分も戻ってきてテーブルにつくと、ぼくとママと一緒に夕食を食べ終えた。ファッジはまだわめき続けてる。ママはバスルームに駆けつけようとしたけど、パパが放っておきなさいといって引き止めた。食事のたびに騒ぎを起こすファッジに、パパもさすがにうんざりしたんだろう。

ママも、パパが自分の代わりに厳しくしてくれてほっとしてるに違いない。ついに日頃のわがままの罰《ばつ》が下ったわけだ。ざまあみろ、ファッジ！

次の日から、ファッジはちゃんとテーブルで食べるようになった。小さな赤い幼児用の椅子に大人しく座って、ママが出したものは何でも食べる。「ワンちゃん、もうやめ」ファッジはいった。

それからしばらく、ファッジのお気に入りの言葉は「たべなきゃかぶれ」になった。

4　鳥にはなれない

ぼくの住んでるアパートはセントラルパークの近くにある。よく晴れた日の放課後にはそこで遊ぶことが多い。友だちと一緒なら、好きなように歩いていいとママはいってくれる。子どもが一人でぶらぶらするのが心配なんだ。

実際、ジミー・ファーゴが三回も強盗《ごうとう》にあってる。自転車を二回とられて、お金も一回とられた。ただしジミーは、強盗が喜ぶほどのお金もものも持ってなかったんだけど。

ぼくは強盗にあったことはないけど、これから先も無事でいられるとはかぎらない。いざというときどうすればいいかは、パパが教えてくれた。相手が欲しがるものはすべて渡せ。へたに逆らっても頭をぶんなぐられるだけだ。

強盗にあったら、警察署に呼び出されることもあるらしい。悪いやつの写真を何枚も見せられて、犯人と似た顔はないかきかれたりもする。

そういう写真を見てみたい気もするけど、強盗にはあいたくない。考えただけで恐《おそ》ろしい。ただジミー・ファーゴが警察署へ行った時の話を何度もするものだから、ちょっとうらやましくなっただけだ。

パパも一度、地下鉄で強盗にあったことがある。犯人は女二人と男一人で、財布とカバンを奪われた。それでも地下鉄に乗るのはやめなかった。けどママは怖《こわ》がって、バスやタクシーばかりを利用する。

パパもママも、ぼくに口うるさくいってきた。セントラルパークで知らない人と話すな。麻薬《まやく》の売人《ばいにん》がうようよいるから、と。けどタバコより体に悪い麻薬を、誰が買ったりするもんか！

うちのアパートが建ってるのはセントラルパークの西側だ。動物園へ行ってポニーの馬車に乗りたい時は、公園を横切って東側へ出なければならない。ママがファッジを連れて出かけることもある。ファッジは動物が大好きで、特にお気に入りなのがサルだ。ヘリウムガス入りの風船も好きだけど、ママが買ってやるとすぐに飛ばしてしまう。空へ昇《のぼ》っていくのを見るのが好きなんだろう。ママはお金を無駄《むだ》づかいしたくないから、ファッジがもう風船を飛ばさないと約束するまで買わないことにした。

日曜日のセントラルパークは車やバイクの乗り入れが禁止だから、安心して自転車で走りまわれる。乱暴運転の車にひかれる心配もないから、ファッジも三輪車を乗りまわす。それはトドルバイクというブルーの三輪車で、パパの会社にCMの制作を頼んだ会社がくれたものだ。ファッジはトドルバイクに乗りながら、バイクのエンジン音を「ブルン、ブルン、ブルルーン！」と大声でまねる。

秋になると木《こ》の葉の色が黒ずんで散りはじめる。地面に落ち葉がうず高く積もるようになると、ぼくらはそこで転げまわって遊ぶ。木の葉があざやかな赤や黄やオレンジに変わるのを初めて見たのは、パパが田舎へドライブに連れていってくれた時だ。ニューヨークでそんな紅葉《こうよう》は見られない。大気汚染のせいだ。残念だなあ。赤や黄やオレンジに染まった木の葉は本当にきれいなのに。

よく晴れたある日の午後、ぼくはジミー・ファーゴを誘《さそ》って公園に行った。同じブロックに住んでるクラスメイトはジミー一人だけ、シーラも入れれば二人になるけど、誰が数になんか入れるもんか！　シーラは同じアパートの一〇階に住んでる。エレベーター係のヘンリーは、いつもぼくとシーラのことを冷やかす。ぼくたちが両想いだと勘違《かんちが》いしてるんだ。本当は大嫌《だいきら》いなのに。シーラはとんでもない知ったかぶりで、自分だけが利口だと思ってる。まあ、女の子の知ったかぶりなんて別にめずらしくもないけど。

シーラの一番いやなところは、やたらとぼくにさわりたがるところだ。しかも自分からさわっておいて、「ピーターばい菌《きん》！　ピーターばい菌！」と騒《さわ》ぎ立てる。なんでぼくがばい菌なんだ？　二年生の頃、本当に自分がばい菌だらけなのか何度も調べてみたけど、そんなことはなかった。四年生にもなってばい菌ごっこで盛りあがるやつなんてまずいないけど、シーラは違う。

あきもせずに騒いでる。だからなるべく近づきたくないんだ。

ところがママはシーラが大のお気に入りで、「シーラってほんとに頭がいいし、将来すごい美人になるわね」とほめちぎる。笑わせないでくれ！　ファッジの大好きなサルそっくりじゃないか。サルの世界じゃきれいな方かもしれないけど、ぼくは人間だ。

ぼくとジミーはクライミングのスペシャルチームを組んでて、岩を登りたくなったらセントラルパークへ行く。公園でスパイごっこもする。ジミーは色んな外国語なまりのものまねがうまい。たぶんお父さんがパートタイムの俳優《はいゆう》だからだろう。俳優の仕事がない時は、市立大学で演技を教えてるらしい。

今日、ぼくとジミーが岩場へ行くと、先に来て場所をとってるやつがいた。誰かと思ったら、シーラだった。読書のふりなんかしてるけど、ぼくとジミーのことを待ちぶせしてたに決まってる。お気に入りの岩場をとられたと知ったら、ぼくらがどんな顔をするか見てやろうとでも思ったんだろう。

「おい、シーラ！」ぼくはいった。「そこはぼくたちの岩場だぞ」

「はあ？　なんかいった？」シーラはとぼけて見せる。

「しらばっくれるな、シーラ」ジミーが岩を登りながらいった。「ここがぼくとピーターの遊び場だって知ってるくせに」

「あら、そうだったの。先客《せんきゃく》がいて残念ね！」

「いいかげんにしろ！」ぼくはいった。「さっさとほかの岩場へ行けよ！」

「この岩が気に入ってるの」シーラはいう。まったく、ここはおまえんちの庭じゃないんだぞ。

「あんたたちこそほかの岩場を探すのね」

ちょうどそのとき、誰かが道をすごい勢いで走ってきた。ファッジだ。ママもすぐあとを追ってきて、「ファッジ、ママを置いていかないで！」と大声で呼んでる。

けど、走りだしたら誰を置いてきぼりにしようとお構いなし。ファッジはそういうやつだ。今も夢中でハトを追いかけながら、「とりさん、こっち、とりさん」なんて話しかけてる。ファッジは鳥が大好きだけど、簡単につかまる生き物じゃないってことはまだ知らないみたいだ。

「やあ、ママ」ぼくはいった。

ママは走るのをやめて、ぼくにいった。「ピーター！　いてくれてよかったわ。ファッジの足が速すぎて、とてもついていけないの」

「ハッチャーのおばさん」シーラが素早く岩を下りて、ママに声をかけた。「ハッチャーのおばさん、よかったらわたしがファッジを見てましょうか？　ちゃんと面倒を見ますから。いいでしょう、おばさん？　わたしに任せて！」シーラはぴょんぴょん飛びはねながら頼《たの》みこむ。

ジミーがぼくのわき腹をひじでつついた。ママがシーラにファッジをあずければ、ぼくらは自由になって秘密のスパイごっこもやり放題だと思ったらしい。わかってないなあ。ママがまだ幼いファッジをあずけるほど、シーラを信用してるはずないのに。

ファッジはといえば、相変わらず大声でハトに話しかけてる。「かえってきてえ、とりさん、ファッジのところに！」

そのとき、ママが時計を見て意外なことをいった。「あらいけない。ママ、急いで家に帰らなきゃ。オーブンに点火するのを忘れたみたい。一〇分くらいで戻ってくるから、それまでファッジを見ててもらえるかしら？」

「いいですよ、おばさん。子守りのことなら全部、ベビーシッターをしてる姉に教わってますから」

シーラには、リビーという中学一年生の姉がいる。見た目のレベルはシーラと同じくらい、もちろん体は姉の方が大きい。

ママはためらった。「どうしようかしら。ファッジを人にあずけるなんてしたことないし……ねえ、ピーター」

「何？」

「あなたとジミーで、シーラの子守りを手伝ってくれる？　ママもすぐに戻ってくるから」

「そんな、ママ！　どうしてぼくらまで？」

「お願いよ、ピーター、ママはすぐに帰らなきゃならないの。三人でファッジを見ててもらえば安心だわ」

「どうする？」ぼくはジミーにきいた。

「いいよ」ジミーは答えた。「やるしかない、だろ？」

「でも、ファッジの子守りの主役はわたしですよね？」シーラがママに念を押した。

「まあ、そうなるでしょうね」ママは答えた。「子守りのことはあなたのほうがくわしいでしょうから。ねえ、みんなでファッジを運動場に連れていってくれない？　その方が戻ってきたとき見つけやすいし」

「わかりました、おばさん」シーラはいった。「どうかファッジのことはご心配なく」

ママはファッジにいった。「ちょっとのあいだ、いい子にしててね。ママはすぐに戻ってくるから」

「いいこ！」ファッジはいった。「いいこ、いいこ」

ママが行ってしまうと、ファッジはすぐに走りだした。「ファッジ、つかまらない！　つかまらないもん！」

「つかまえてみろよ、シーラ」ぼくはいった。「子守りの主役は君なんだろ？」

ぼくとジミーにはやし立てられながら、シーラはファッジを追いかけた。

ファッジがつかまると、ぼくたちはママにいわれた通り運動場へ連れていくことにした。大した広さじゃないから見張りも楽だ。それにファッジはジャングルジムが好きだから、迷子になる心配もない。

運動場に着くと、シーラが「ピーターばい菌！　ピーターばい菌！」と大声をあげてぼくを追いかけだした。

「やめろよ！」ぼくはいった。

するとシーラは、「ジミーもばい菌！　ジミーもばい菌！」といってジミーを追いかけた。

ぼくとジミーはやり返すことにした。女の子だからって手加減するもんか。仕かけてきたのは向こうだ！　ぼくらはシーラの両腕をつかんだ。相手が身をよじって逃げようとしても放さずに、声を張りあげた。「シーラばい菌！　シーラばい菌！」

ぼくたち三人が悪口合戦に夢中になって目を離したすきに、ファッジはジャングルジムを登っていった。「ピー、ター、ピー、ター」ファッジはよくぼくの名前を、そうやって二つに区切って呼ぶ。

「なんだ？」ぼくははっとしてきき返した。

ファッジは両腕《りょううで》をぱたぱたと上下に動かしながら、「ファッジ、とりさん！　ファッジもとりさん！　とべるよ！　ほら……」

バカなやつ！　ぼくはあわててジャングルジムに駆け寄った。ジミーもシーラもすぐあとを追ってきた。

けど手遅《おく》れだった。ファッジは自分に翼《つばさ》がないことを思い知るはめになった。地面に落ちて、ものすごい勢いで泣きわめいてる。顔じゅう血だらけで、最初はどこをけがしたのかもわからなかった。ジミーがハンカチを渡してくれた。それが清潔じゃないとしても、ないよりはましだ。ぼくはファッジの顔の血を少しふいてやった。

シーラは声をあげた。「わたしのせいじゃないわよ。絶対に違う！」

「いいから、だまれ！」ぼくはいった。

ジミーがファッジの様子を見ながらいった。「ひどいなあ。歯も折れてるみたいだ」

「嘘《うそ》だろ？」ぼくはきき返した。

「口の中を見ろよ」ジミーはいった。「ほら、ちょうど口を開けてわめいてる。な？　前歯のあったところがぽっかり空いてるだろ？」

「やだ！　ほんと！」シーラが大げさに口をはさんだ。「ファッジの歯が折れちゃった！」

ファッジは一瞬泣くのをやめて、「ぜんぶ？」ときいてきた。

「口を『あーん』ってしてごらん」ぼくはいった。

ファッジは口を開けた。ほんどだ。上の前歯が二本なくなってる。

「ママがただじゃおかないぞ、シーラ！」ぼくはいった。子守りの主役が自分じゃなくてよかった。

シーラはさらに声を張りあげる。「これは事故よ！　ファッジが自分で落ちたんだから。そうでしょ？」

「ファッジの歯を探すんだ」ぼくはいった。

「どこを探せばいいの？」シーラがきいてきた。

「地面だよ、バカだな！」

シーラが地面をはうように歯を探してるあいだ、ぼくは弟をもっときれいにふいてやることにした。「ほら」といってファッジは傷を見せた。「ここ、いたい。ここ、もっといたい」ひじもひざもすり傷だらけだ。

「おばさんを呼んでくる！」ジミーは大声でいうと、運動場から駆け出していった。

「助かるよ！」ぼくはいった。

「見つからない」シーラはいう。

「もっとよく探すんだ！」ぼくは怒鳴《どな》った。

「待ってよピーター、本当にどこにもないの！」

「ぜんぶ？」ファッジはさっきと同じことをきいてきた。

「全部じゃないよ。一本だけだ」ぼくは説明した。

けどファッジはまた泣きだした。「は、みつけて！　みつけてよファッジの、は！」

ジミーは公園へ戻ってくる途中のママに出くわしたらしい。たった二分でママを連れて引き返してきた。その頃には、ほかの子どもたちが大勢ぼくたちのまわりにいた。ほとんどはシーラと同じように、地面をはってファッジの歯を探してる。

ママはファッジを抱きあげると、「まあ、かわいそうに！　わたしの大事な、愛する坊や！」といってそこらじゅうにキスをした。「どこが痛いの？　ママに見せてごらんなさい」

ファッジは痛いところをあちこち見せながら、「ないの、ぜんぶ！」といった。

「何が？　何が全部ないの？」ママが問い返す。

「前歯だよ」ぼくが答えた。

「まあ、なんてこと！」ママが大げさにいった。「かわいそうなわたしの天使！」

シーラがすすり泣きながらいった。「ファッジの歯が、見つからないんです。くまなく探しまわったんですけど、どこにも見当たりません」

ママはファッジの口の中をのぞきこんだ。「飲みこんじゃったのかしら」

シーラは声をあげた。「おばさん、すみません！　本当にごめんなさい。ファッジは、大丈夫でしょうか？」

「大丈夫よ、シーラ。これは事故だもの。あなたのせいじゃないわ」

シーラはまたわっと泣きだした。

「もう帰りましょう」ママはいった。

ママは甘すぎる、とぼくは思った。子守りの主役を自分で買って出たのはシーラじゃないか。家に帰ると、ママはファッジの傷口をすべてオキシドールで消毒してから、コーン先生に電話した。先生はママに、ファッジをかかりつけの歯医者へ連れていくようにいった。ママは歯医者のブラウン先生に電話して、明日の予約をとった。

それがすむと、ママはファッジに靴下を与えて遊ばせた。ぼくはジュースを一杯飲みたくなってキッチンへ行った。ママがあとからついてきて、ぼくにいった。「ピーター・ウォーレン・ハッチャー、なんて頼《たよ》りない息子なの！　ほんの一〇分も弟をあずかれないなんて！」

「頼りない？」ぼくはきき返した。「どういうこと？　ぼくのどこが頼りないっていうの？」

ママは声をうわずらせた。「ちょっとのあいだ、あなたに弟をあずけてどうなるかと思ったら、こんなことになってがっかりだわ！」

「シーラのせいだ」ぼくはいった。「子守りの主役はシーラだったんだから、怒る相手はぼくじゃなくてシーラでしょう？」

「とにかくがっかりしたのよ！」ママは声をあげた。

ぼくは自分の部屋へ駆けこんで、ドアをばたんと閉めた。ドリブルがお気に入りの石の上を歩きまわるのを観察しながら、話しかけた。「うちのママ、最低だよ！　ぼくよりファッジが大事なんだ。ぼくのことなんかどうでもいいんだ。ひょっとして、ぼく、本当の息子じゃないのかな。かごに入れられて、玄関の前に捨てられてたのかも。実の母親はきっときれいなお姫様《ひめ》で、いずれぼくをとりもどしにくる。ここはぼくのいるべき場所じゃない。そうに決まってる！」

その夜は食事もあまりのどを通らなくて、寝つきも悪かった。

次の朝、ママが部屋にやってきてベッドの端《はし》に腰を下ろした。ぼくは見向きもしなかった。

「ピーター」ママが話しかけた。

ぼくは返事をしない。

「ピーター、昨日はあなたに色いろいったけど、本気じゃなかったのよ」

ぼくはママを見て、「本当に？」とたずねた。

「本当よ。ファッジの事故で気が動転《どうてん》してたの。誰かを責めずにいられなくて、ついあなたを傷つけてしまって……」

「うん」ぼくはいった。「たしかに傷ついた」

「あなたは何も悪くないのにね。あれは事故よ。ママがあの場にいても、きっとああなったと思うわ」

「ファッジは空を飛ぼうとしたんだ」ぼくはいった。「鳥になったつもりで」

「でも、もう二度と飛ぼうなんて思わないでしょうね」

「ぼくもそう思う」

ぼくとママは顔を見あわせて、笑った。やっぱりママはぼくの本当のママなんだ。

5　誕生パーティーは大騒ぎ

前歯のないファッジもだいぶ見慣れてきた。まだ小さいのに小一くらいに見える。かかりつけの歯科医《しかい》のブラウン先生は、「六歳か七歳になれば大人の歯が生えてきますよ」という。ぼくはファッジに牙《ファング》というあだ名をつけた。笑ったとき上あごの真ん中に空く大きなすきまの両端に、一本ずつ生えた犬歯《けんし》が牙《きば》みたいに見えるからだ。

ママはそれが気に入らなくて、「ファッジをファングと呼ぶのはやめなさい」とぼくにいう。

「じゃあなんて呼べばいいの？」ぼくはきき返した。「いっそニックネームはやめて、フルネームでファーリー・ドレクセルって呼ぶ？」

「ただファッジ、でいいでしょ」

「ファーリー・ドレクセルもだめ？　だめならなんでそんな名前つけたの？」

「別にだめじゃないけど、今はファッジと呼ぶことにしてるの。ファーリーでもドレクセルでも、もちろんファングでもないのよ！」

「ファングのどこがいやなの？　かっこいいと思うけど」

「ファングなんてバカにしすぎだわ！」

「バカになんかしてないよ！　ファングはファングの意味も知らないのに！」

「ピーター、とにかくママはいやなの」

「わかったよ、もうやめる」ぼくは二度とファングとは呼ばないと約束した。けど心では、ファッジを見るたびに思ってる。ぼくの弟はファング・ハッチャー！　それは誰にも止められない。頭の中は自由だから。

ファッジはもうすぐ三歳になる。同じ年頃の友だちはこのアパートに住んでるジェニーとラルフ、そしてサムだ。ママは三人を招いて誕生《たんじょう》パーティーを開く予定だ。おばあちゃんも手伝いにくる。パパは出られそうもない。パーティーは土曜日だけど、前から出勤することになってたから。ぼくはジミー・ファーゴのところへ行きたかったけど、ママに遊んでる子どもたちの見張り役を頼《たの》まれた。パーティーは一時に始まって二時半まで続くという。

「たった一時間半のことでしょ？」ママはいう。「それくらいしてくれてもいいじゃない、ピーター」

「そうだけど、うーん……」ぼくはいった。「ちょっと考えさせて」

キッチンのテーブルがパーティー用に飾《かざ》りつけられた。テーブルクロスにナプキン、紙製の皿にコップ、どれもこれもがスーパーマンのイラスト付きだ。

パーティーが始まる直前に、おばあちゃんがファッジを新しいスーツに着がえさせようとした。けどファッジは耳がつぶれるくらいの大声で、「スーツ、いや！　いやったらいや！」とわめきだした。

ママは必死にいいきかせた。「今日はあなたの誕生日なのよ、ファッジ。お友だちがみんなくるの。大きくなったところを見せたいでしょう？」おかげでシャツとズボンまではどうにかなったけど、靴《くつ》だけはどうしても無理だった。ファッジにさんざんけとばされて、ママもおばあちゃんもあざを作るはめになった。結局、スーツさえ着せれば足元はどうでもいい、寝室用の古いスリッパでもはかせておこうということになった。

ラルフが一番にやってきた。すごく太ってる。まだ四歳にもなってないし、ろくにしゃべれもしない。そのくせぶつぶついったりつかんだりはお得意で、いつも口に何かをつめこんでる。

そんなラルフは、真っ先にキッチンへ行って何か食べるものを探そうとした。けど、先回りしてキッチンを見張ってたおばあちゃんに止められた。「まだだめよ。みんなが来るまで待ちなさい」

次にジェニーがやってきた。小さな白い手袋《てぶくろ》をはめて、パーティー用の靴をはいて、小さなバッグまで持ってるのに、よれよれのセーターに汚れたジーンズ姿ってどういうこと？　ジェニーのお母さんがいった。「ちぐはぐな服装ですみません。最近は手におえないことばかりで、かみぐせまであるんです」

「何をかむんですか？」ぼくは家具とかおもちゃとか、そんな答えを予想してきいた。

「人をかむの。でも心配しないで。歯が肌《はだ》に食いこむほどきつくかむことはそんなにないから。それさえなければ本当にいい子なんだけれど」

かわいそうなファッジ！　まだ前歯が生えそろってないから、かまれてもかみ返せない。そういうジェニーはどんな子かっていうと純真そのもの、吸血鬼みたいなことをするとはとても思えない。

最後にやってきたのはサム、ファッジのために大きなプレゼントを持ってきたのに、なぜか泣いてる。「こういう年頃というか……」サムのお母さんがいいわけした。「とにかく何でも怖《こわ》がるんです。特に誕生パーティーでは。でももう平気よね、サム？」

「やだ！　かえりたいよお！」サムはお母さんの脚にしがみついて泣きわめいた。けどお母さんはその手をどうにかふりほどいて、その場を離れた。

一時五分過ぎに、やっとパーティーの準備が整った。ゲストは食いしん坊《ぼう》にかみつき娘《むすめ》に泣き虫ときてる。終了予定の二時半は本当にやってくるんだろうか。だいたいママはどうして誕生パーティーをやろうなんて思いついたんだろう。「ファッジって、まともな友だちいないの？」ぼくはこっそりきいてみた。「悪い子は一人もいないでしょ？」ママがささやき返す。「だいたいこんなものよ、小さな子どもなんて」

おばあちゃんが子どもたちをキッチンのテーブルにつかせて、一人一人の頭にパーティハットをかぶせた。すると、いきなりサムが声をあげた。「こんなのやだ！　とって！」けど、ほかのみんなはいやがらずにかぶってる。ママが、買ったばかりのカメラで子どもたちの写真を撮った。

おばあちゃんが明かりを消して、ママがバースデーケーキのロウソクに火ををともした。ケーキにはチョコレートのフロスティングがかけられ、大きな黄色いバラのデコレーションがいくつか乗ってる。ぼくのリードで「ハッピーバースデー」を合唱すると、ママがテーブルまでケーキを運んでファッジの前に置いた。

サムがまたわめきだした。「くらいのやだ！　やめて！」おばあちゃんが仕方なく明かりをつけた。ファッジは明るいところでロウソクを吹き消すことになった。火が全部消えると、ファッジがケーキに飾られた黄色いバラを一つとって、口へ持っていこうとした。

「やめなさい、ファッジ！」ママが止めようとした。「お行儀《ぎょうぎ》が悪いわよ！」

けどおばあちゃんがいった。「この子の誕生日なんだから、好きなようにさせてあげたら？」

ファッジは手をのばして、黄色いバラをもう一つつかみとった。

ラルフも黄色いバラを一つとった。デブのラルフのことだから、ファッジが飾りつけのバラを食べるのを見てがまんできなくなったんだろう。ケーキがかなりぐちゃぐちゃになってきたのを見かねて、ママが切り分けはじめた。

子どもたちはそれぞれ、紙コップにミルクを少しとケーキの小さな一きれをもらった。すると今度はジェニーが騒《さわ》ぎだした。「バラは？　わたしも、ほしい！」自分のもらったケーキにバラがついてなかったせいだ。

「バラはただの飾りだから全員の分はないの」ママが説明した。ジェニーはそれで納得したように見えた。ところがおばあちゃんが紙コップを開けるのを手伝おうとしたら、いきなり立ちあがって、手にかみついた。

「この子、わたしをかんだわ！」おばあちゃんは悲鳴をあげた。

「けがはなかった？」ママがきいた。

「ええ、けがはなさそうだけど……」

「よかった。なら心配ないわね」

それでもおばあちゃんはバスルームに行って薬をぬった。油断は禁物というわけだ。

ラルフは一番に食べ終わって、空になった皿を持ちあげながら「もっとちょーだい、もっとー！」と歌うようにおかわりをせがんだ。

ぼくはママに耳打ちした。「もう食べさせない方がいいよ。ただでさえあんなにデブなんだから！」

「まあ、ピーター、今日はパーティーよ。欲しいだけあげましょう」

「そうだね。ラルフの太りすぎなんてぼくが心配することじゃないし」

ラルフは二きれ目のケーキをもらうと、食べてすぐにはき出した。

ママが掃除《そうじ》をしてるあいだ、ぼくとおばあちゃんで子どもたちをリビングへ連れていった。

おばあちゃんがファッジにいった。「さあ、みんなが見てる前でプレゼントを開けてごらん」

ジェニーのプレゼントは、びっくり箱付きのオルゴールだった。ハンドルを回すと、「ポンとイタチが逃げました」という古い童謡《どうよう》が流れる。その「ポン」のところで上ぶたが開《あ》いて、ピエロが飛び出す。ファッジはそれが気に入って、手をたたいて大笑いした。けどサムが、「もうやだ、うんざり、どっかにやって！」とわめきだし、両手で顔をおおった。おばあちゃんに「もうオルゴールは別のお部屋へ持ってったから大丈夫よ」となだめられて、ラルフはようやく顔を上げた。

次にラルフのプレゼントを開けると、出てきたのはぜんまい式のミニカーだった。部屋の床をぐるぐる走りまわるミニカーは、ぼくも気に入った。ラルフもそうだったらしい。気に入りすぎて、ファッジの手からミニカーをもぎとって「ぼくの！」といいだすほどだった。

「だめ！　ぼくの！」ファッジも負けてない。

ママがキッチンで騒ぎをききつけて、リビングにやってきた。「それはファッジの誕生日にってあなたがくれたプレゼントでしょう、ラルフ」といいきかせても、ラルフは耳を貸さない。たぶんママは、今度はリビングのじゅうたんにはくんじゃないかと心配したんだろう。だからファッジに、「ちょっとでいいから、ラルフにミニカーで遊ばせてあげて」といった。けどラルフはいつまで経っても、これは自分のミニカーだといって返そうとしない。ファッジは泣きだした。ついにママはラルフの手からミニカーをとりあげて、「サムのプレゼントを見ましょう」といった。

ファッジはうれしそうにうなずくと、ミニカーのことなんかすっかり忘れて包装紙とリボンを一気にはぎとった。中身は大きな図解辞典、数か月前ヤービーさん夫妻がぼくにくれたのと同じものだ。ファッジは見るなりかっとなって、「やだ！　ほん、もういらない！」といって部屋のすみっこへ放り投げた。

ママがしかりつけた。「ファッジ！　なんてことするの！　素敵なご本にそんなことしちゃだめでしょう」

「いらないもん！」

サムも声をあげて泣きだした。「ファッジ、ぼくのプレゼントいらないって！　もってきたのに。もうやだ、かえりたいよお！」

おばあちゃんがサムをなぐさめてるあいだに、ママは本を拾いあげて、包装紙とリボン、カードを寄せ集めた。ファッジはバースデーカードを見ようともしなかった。まあ、しょうがないか。まだ字が読めないんだし、カードなんてあってもなくても同じだろう。

ママがいった。「ピーター、ゲームを始めて。今すぐに！」

ぼくは時計を見た。そろそろお開きの時間かなと思ったけど、まだ一時半、あと一時間もある。ぼくは自分の部屋に行った。そこにはふくらませた風船がいくつも置いてある。ママが持ってるパーティーのガイド本に、「三歳児は風船を持っておどるのが好き」と書いてあったらしい。リビングへ戻ると、ママがレコードをかけた。ぼくは子どもたちに風船を一つずつ配った。けど子どもたちはただその場に突っ立ってぼくを見つめるばかりで、何の反応もない。ガイド本の作者とぼく、バカなのはどっちだ？

ママがいった。「ピーター、お手本を見せてあげて。風船を持って、おどって見せるの」

ぼくは風船を手におどりだした。自分が世界一まぬけなピエロになったような気がしたけど、効果はてきめんだった。子どもたちが、ぼくのダンスにつられておどりだしたのだ。ダンスが続くにつれて、子どもたちの顔もどんどん明るくなっていく。けどそれも、ジェニーの風船が割れるまでのことだった。その音におどろいたサムが、くるったように泣きだした。風船はまだ二〇個は余ってる。パーティーが終わるまで、ダンスが続いてくれるといいんだけど。

ファッジが、家具の上で飛んだりはねたりする遊びを思いついた。ほかの子たちもそれが気に入ったらしく、風船ダンスをやめてファッジのまねをしはじめた。そのまま部屋から部屋へ走りまわって、はしゃいだり笑ったりで大盛りあがりだ。

そのとき、ドアベルが鳴った。うちの真下に住んでるラダーさんの奥さんだ。奥さんはいった。「今にも天井《てんじょう》が抜けそうな音がしたので、何があったのかと思いまして……」

ママはいった。「実はうちのファッジのために誕生パーティーを開いてるんですけど、よろしかったら中でご一緒にケーキでもいかがです?」ママの機転には時どきびっくりさせられる。おばあちゃんがキッチンで奥さんの相手をした。子どもたちは、ファッジの新しいベッドの上で飛んだりはねたりしてる。

そのベッドは今朝届いたばかりで、ファッジはまだ寝てもいない。だからママは、その様子を見るとすぐに注意した。「やめなさい!」

ファッジはママにいった。「あたらしいベッド、ファッジ、おおきくなったよ!」よっぽど誇《ほこ》らしいんだな、とぼくは思った。

「飛びはねるのをやめないと『大きくなったごほうびのベッド』はなしよ。いいわね? さあ、みんなで床に腰を下ろして、楽しいお話をききましょう」ママはファッジの本棚《ほんだな》から、絵本を一冊選んだ。

「そのおはなし、きいたことある！」ジェニーが表紙を見るなりいった。ママは「わかったわ。じゃあこれにしましょう」といって、別の本を手にとった。

「それもしってる」

ママは爆発《ばくはつ》寸前のイライラをどうにかおさえこんで、三冊目の本を選んだ。「これにしましょう。このお話を知ってる人は、そうね、おばさんと声を合わせてお友だちにきかせてあげましょう」

ジェニーはいわれた通りにした。ママがうっかり一ページでも飛ばそうものなら、すかさずそれは違うと口をはさむ。たぶんママは、ジェニーに思いきりかみついてやりたい気分だっただろう。

ママが本を読み終わると、もう二時過ぎだった。ラルフは床の上でぐっすりと眠ってる。ママはぼくにラルフをファッジの新しいベッドで寝かせるようにいうと、自分はほかの子どもたちをリビングへ連れていった。

ぼくはラルフを何度も持ちあげようとしたけど、無理だった。こんなに重いとは思わなかった。ぼくはラルフを床に寝かせたまま、起こさないようにそっとドアを閉じると、ほかの子たちも寝てくれたらいいのに、と思いながらリビングに戻った。

「ピーター」ママがいった。「みんなにドリブルを見せてあげたら？」

「ママ！　ドリブルはぼくのペットだよ！」大事なペットを見せものにして小さな子どものごきげんをとれだなんて、ママは何を考えてるんだ！

「お願いよ、ピーター」ママはあきらめない。「パーティーが終わるまでまだ三〇分も残ってるのよ。ママももう、どうしていいかわからないの」

ファッジが声をあげた。「ドリブル！　ドリブル、ドリブル、ドリブル！」

サムとジェニーもその響《ひび》きが気に入ったのか、「ドリブル、ドリブル！」と大声で合唱しはじめた。何のことかもわかってないくせに。

「もう、わかったよ」ぼくは折れた。「ドリブルを見せてあげてもいいけど、静かにするって約束してくれよ。とにかく音を立てないこと。怖がるからね、わかった？」

子どもたちは一斉《いっせい》に返事をした。「はーい！」ママはキッチンへ行って、おばあちゃんやラダーさんの奥さんとおしゃべりを始めた。ぼくは部屋へ行って、ドリブルを入れた水そうを抱《かか》えてリビングに引き返した。口元に人さし指を当てて、静かにするように念を押す。最初はみんな、いいつけを守って声を出さなかった。

ぼくがドリブルの水そうをテーブルに置くと、ファッジとサム、ジェニーがそれを囲んだ。

「わあ、カメ！」ジェニーがいった。

「そう、ドリブルはカメだよ。ぼくのカメなんだ」ぼくは優しくいった。

「ねえ、みて」ファッジが小声でいう。

「みんな見てるよ」ぼくはいった。

「いいな、カメ」サムがいった。

カメは怖がらないんだな、とぼくは思った。

「ドリブルは、なにができるの?」ジェニーがきいた。

「できる?　特別なことはしないよ。カメだからね。カメがするようなことをするんだ」

「カメがすることって?」

どういえばわかってくれるんだろう。「そうだなあ、ちょっと泳ぎまわるとか、石の上で寝るとか、食べるとか……」

「するの?」ジェニーがきいてきた。

「するって?」ぼくはきき返す。

「おしっこ、する?」

「まあ、するだろうけど」

ジェニーは笑った。サムとファッジも笑った。

「わたしもできる。みたい?」ジェニーがきいた。

「見たくないよ」ぼくは答えた。

「みて、みて」ファッジが笑ってジェニーを指さした。た。

ジェニーは満面の笑みを浮かべてる。足元を見ると、じゅうたんに小さな水たまりができてた。

「ママ！」ぼくは大声で呼んだ。「早く来て！」

ママがキッチンから飛び出してきた。「どうしたの、ピーター？」

「ジェニーがやっちゃったよ、見て」

「どういうこと？」ママはきき返すと同時に水たまりに気づいた。

「床におもらししたんだ。それもわざと！」

「ジェニー！」ママはいった。「嘘《うそ》だといって！」

「うそじゃないもん」ジェニーはいった。

「なんてことをしてくれたの！」ママはジェニーをしかった。「おばさんといらっしゃい」そしてジェニーを抱きあげてバスルームへ行った。

次にママは、モップでおしっこの水たまりをふいた。

ついにドアベルが鳴った。二時半だ。嘘みたいだけど、永久に続くかと思ったパーティーが、やっと終わってくれるんだ。

最初に迎《むか》えにきたのはラルフのお母さんだった。家に連れて帰るには、まずラルフを起こさなきゃならない。抱きあげて運ぶなんてとてもできそうにない。

次にジェニーのお母さんがやってきた。ママはおもらしの後始末をきちんとすませて、ぬれたパンツはビニール袋に入れて渡した。ジェニーのお母さんは本当に恥ずかしそうだった。

最後にサムのママが迎えにきた。なのにサムは帰りたがらない。その頃にはぼくらともすっかり打ちとけたから、もっと一緒にいたかったんだろう。「もっとパーティー、もっと！」

サムのママが「また今度ね」といって、腕をつかむと力ずくで引っぱっていった。

ママは倒《たお》れこむように椅子に腰かけた。おばあちゃんが頭痛薬を二錠《にじょう》と、コップに入れた水を持ってきた。「どうぞ。これで少しは気分がよくなるわ」

ママは薬を飲むと、顔を上げた。

「三歳でパーティーは早すぎたね」ぼくはいった。

「ピーター・ウォーレン・ハッチャー……」ママがようやく口を開いた。

「何？」

「あなたのいう通りよ！」

ぼくも、ママのとなりにどっかと腰を下ろした。ママがぼくの肩に腕を回す。そのまま二人で、もらったばかりのびっくり箱付きオルゴールで遊ぶファッジを見た。

夕方、パパが仕事から帰ってきて、「誕生パーティーはどうだった？」とたずねた。ママとぼくは、顔を見あわせて笑うしかなかった。

6　ファング、街で大あばれ

ファッジは新しいベッドをとても気に入ってる。ただ一つ問題なのは、毎晩転げ落ちること。四日目の晩にパパとママはようやくアイディアを思いついて、ベッドの一辺を壁《かべ》に押しつけて、残りの三辺を椅子《いす》で囲んだ。そうすれば床に落ちようがない。

けどそれからというもの、毎朝ママが見にいくとファッジは椅子の上で丸くなって寝てる。パパがいった。「わざわざ金を払ってベッドを買うこともなかったな。古い椅子であんなに気持ちよく寝てくれるなら！」

毎週土曜は歯医者に行く日だ。ブラウン先生は、ファッジの歯をもう一度検査したいという。空を飛ぼうとして歯を折ったところがきれいに治ったか確かめたいらしい。ブラウン先生はパパの幼なじみで、同じ学校に通った仲だ。「大事な友だちに生き写しの息子さんたちだから、特別ていねいに診《み》てあげないとね」といつもいってくれる。先生の歯科医院《しかいいん》は、セントラルパークの反対側、マディソン街の近くにある。ママはぼくたちが一日じゅう楽しく過ごせるっていうけど、そんなはずはない！

「ジミー・ファーゴと映画に行きたいな」ぼくはママにいった。

「でもみんなで楽しく過ごすのよ。お昼は外食だし、それにあなたとファッジの新しい靴《くつ》も買わなきゃ」

「ファッジと外でお昼？　もうたくさんだ」

「ファッジも成長してるんだから、ピーター。お行儀《ぎょうぎ》もよくなってるわ」

「それでもぼくは、ジミーと映画の方がいい」

「いいから一緒《いっしょ》にいらっしゃい。この話はもうおしまい」

楽しい一日になんかなるもんか。いつもなら土曜日の朝は一週間で最高のひと時なのに。ドリブルの水そうを掃除《そうじ》して、ファッジが大人しい時はその様子を見せてやる。まずバスルームに行って、ドリブルを水そうから出してバスタブの中をはわせておく。床に放すと誰かにふまれやしないか気が気じゃないけど、そこなら安心だ。

次に水そうの中の石を洗って、最後に水そうそのものを洗う。念入りにごしごしこすって、完全に石けんを落としきるまで二、三回すすぐ。それがすんだら石を置いて水を入れて、ドリブルを戻してえさをやる。ドリブルはえさを食べ終えると、いつも真っすぐお気に入りの石の上で寝てしまう。バスタブの中をはいまわってるうちに疲れてしまうんだろう。

今朝の水そう掃除は外出の時間までに終わらせた。それでもママは、「歯医者の予約に遅れちゃう」とぶつぶついいながらぼくを急《せ》かした。

アパートを出ると、ぼくらはまず市内横断バスに乗る。バスを降りて数ブロック歩くとブラウン先生の医院に着く。

受付に行くと、助手の女の人がファッジを見るなり「かわいい患者《かんじゃ》さん、今日はごきげんいかが?」といった。助手さんはファッジにハグをすると、小さな絵本を渡した。ぼくには、「おはよう、ピーター」とあいさつしただけだった。

みんながファッジをかわいがるのを見るとむかつく。あいつのどこが特別なんだ? 小さいだけじゃないか! ファッジも成長していつか九歳になる。その日が待ち遠しくてしょうがない。まあ、その頃には思い知るだろう。自分は特別でもなんでもないって。

すぐに助手さんが「ファッジ、ブラウン先生がお待ちよ。一緒にきてね」と声をかけ、手を引いて診察室《しんさつしつ》に入っていった。小さなお子さんの診察にお母様のつきそいはご遠慮《えんりょ》願います、というのが先生の決めたルールだ。結局じゃまになるからだという。なんとなくわかる気がする。

ぼくは『ナショナル・ジオグラフィック』誌のページをぱらぱらめくりながら診察が終わるのを待った。少しすると、助手さんがやってきてママにひそひそ話しだした。ぼくは顔を上げた。

何か大事な話だろうか。

ママがいった。「ピーター、ブラウン先生が、ファッジのことで手伝ってほしいそうよ」

「手伝うって？　ぼくは歯医者じゃないよ！」

助手さんがいう。「お願い、ピーター。一緒に来てくれれば何もかもうまくいくから」

ぼくは仕方なく助手さんについていった。「何をすればいいんですか？」

助手さんはいった。「別に大したことじゃないの。ブラウン先生は、ファッジに口の開け方のお手本を見せてあげてほしいんですって。あなたの歯を診察するところも」

「どうしてぼくがそんな？　検査だって必要ない。先月してもらったばかりだし」

「今朝のファッジは、なぜか口を開けてくれないの」助手さんは声をひそめていった。

「口を開けない？」ぼくも小声でき返した。

「そうなの！」

そんなことってある？　ぼくは歯医者で「口を開けて」といわれたらちゃんと開ける。逆らうなんて考えられない。

診察室に入ると、ファッジが大きな椅子に座ってた。首にタオルを巻いて、いつでも診察にとりかかれそうだ。

ブラウン先生が小さな器具を色いろと見せながら、それぞれ何に使うものか説明してる。ファッジはいちいちうなずいてるけど、口だけは開けようとしない。

先生はぼくを見ると、「やあ、ピーター！」といった。「ちょっと口を開けて、君の歯を数えさせてくれないか？」

歯を数えるっていうのは、歯医者ぎらいの子を診察する時の決まり文句だ。小さな子は何でも信じるから。

ぼくはブラウン先生の作戦に協力して、思いきり口を開けた。本当に診察してもらう時よりも大きく。先生は口に鏡を入れるとこういった。「すばらしい、とてもきれいな歯だね。お父さんそっくりだ！　それなのに、弟のファッジがこんなふうにお口を開けてくれなくて先生がっかりだな」

「あけるもん」ファッジがいった。

「いやいや」先生はファッジにいった。「お兄ちゃんほど大きくは開けられないんじゃないか？」

「あけるもん、ほら！」といって、ファッジは口を開けた。

「なるほど。しかし残念だねえ、ファッジ。まだピーターほど大きくは開《あ》いてないよ」

ファッジはさらに大きく口を開いた。「は、かぞえて！　ファッジのも、かぞえて！」

「ふうむ……」先生は考えこむふりをした。

「かぞえて！」

「ふうむ……」とまたいって、先生は頭をかくと、「まあ、せっかく来てくれたんだし、君の歯も数えるとするか」といってファッジの歯を診はじめた。

先生が診察を終えると、ファッジはいった。「ねえ、ねえ、ピーターとおなじ?」

「そうだね」ブラウン先生は笑顔で「ピーターと同じくらいだ」と答えると、ぼくにウィンクした。


ファッジの口を開けさせる先生の作戦があまりに見事だったので、ぼくは耳打ちせずにいられなかった。「ファッジに入れ歯を作ってやってくれませんか? 大人の歯が生えてくるまで、前歯がないと不便だし」

「その必要はないよ。待つだけでいい」

「けど、まるで牙が生えてるみたいだ」

「そんなこと、お母さんの前でいっちゃだめだよ」

「わかってます。ママは牙っていわれるのがきらいなんです」


ブラウン先生はぼくに「手伝ってくれてありがとう」といった。ママは次の予約をとった。助手さんがファッジにさよならのキスをした。ぼくらはようやく歯科医院をあとにした。

「来てよかったでしょ、ピーター?」ママがたずねた。

「思ったよりはね」ぼくは答えた。


お次はブルーミングデールズ・デパートへ靴を買いにいった。子ども用靴売り場には店員さんが五人いるけど、そのうち二人をママは気に入らないという。足のサイズをちゃんと測《はか》らないし、とにかく靴を売ることしか頭にない。ぴったりのサイズの靴が店にない時は、足に合わないものを平気で売りつけようとする。ほかの三人は信用できるそうで、なかでもお気に入りなのがバーマンさんだ。ぼくも好きだ。バーマンさんは面白い人で、左右の靴をわざと間違えたり、ファッジの靴をぼくにはかせようとしたり、とにかくいつも笑わせてくれる。だからバーマンさんが相手をしてくれる時は、ただ靴を買うだけで楽しい気分になれる。

今日もバーマンさんは、すぐぼくたちに気づいてくれた。もちろん客の名前を忘れるような人じゃないから、いつものように「こんにちは。ハッチャーさんの坊ちゃん方ですね」と、おどけた態度で歓迎《かんげい》してくれた。

「お久しぶりです」ぼくはあいさつを返した。

ファッジがバーマンさんに口を開けて見せた。「ねえ、みて。ぜーんぶなくなっちゃった！」

ママが説明した。「歯のことです。前歯が二本折れてしまったんです」

バーマンさんは「それはおめでとうございます！お祝《いわ》いですね」といって、上着のポケットから棒付きキャンディを二本とり出すと、ぼくとファッジに一本ずつくれた。

「わーい、キャンディ！」ファッジは大喜びだ。

ぼくのキャンディはルートビア味だった。苦手な味だけどバーマンさんにはお礼をいった。そして「お昼のあとまでとっておきます」とつけ加えると、キャンディをママに渡し、バッグに入れてもらった。ファッジのはレモン味で、すぐに包み紙を破いてなめだした。

「じゃあ今日はどうする？　坊やたち？」バーマンさんはいった。

ママが答えた。「ファッジには茶色と白のサドルシューズを、ピーターにはローファーをお願いします」

「わかりました。ピーター君、どれだけ足が大きくなったか見てみようね」

ぼくははいてきた靴をさっと脱《ぬ》いで、左足をフットメジャーに乗せてサイズを測ってもらった。次にバーマンさんがフットメジャーの向きを変えるのを待って、右足を測った。両足をきちんと測ってくれる。それもバーマンさんの商売上手なところだとママはいう。片足しか測ってくれない店員さんもいるけど、足のサイズは左右が微妙《びみょう》に違うこともあるから、大きいほうに合わせなきゃだめなんだそうだ。

「ピーター君、ローファーの色は何にする？」バーマンさんがたずねた。

「茶色です。はいてきたのと同じ色で」ぼくは答えた。

バーマンさんがぼくに合いそうな靴を探しに奥へ行った。そのあいだに靴下のつま先の部分に開《あ》いた穴を、ママに見つかってしまった。

「まあ、ピーター！　靴下に穴が開いてるじゃない。どうしてママにいわなかったの？」

「今気づいたんだよ」

「まったく、恥ずかしいわ！」

「ぼくの靴下なのに、なんでママが恥ずかしがるの？」

「恥ずかしいに決まってるでしょう。靴を買うのに、穴の開いた靴下をはいてくるなんて、みっともったらありゃしない。うまいこと隠《かく》せないの？」

「どうやって？」

「穴が見えないように、指のあいだへ持っていきなさい」

ぼくは靴下をよじって、どうにか見えないところに穴を動かした。バカバカしいけど、ママがそんなに恥ずかしがるならしょうがない。

バーマンさんがローファーを二足持って戻ってきた。両方のサイズをぼくにはかせて、どっちが合うか試してる。一足は大きすぎたけど、もう一足はちょうどよかった。

「お包みしましょうか？　それとも、はいていかれますか？」バーマンさんはきいた。

「包んでください。古いのをはいて帰ります」ママが答えた。

ぼくは、店で買った靴をそのままはいて帰れたことがない。理由はわからないけど、ママは買った靴を必ず包んでもらい、それを次の日まではかせようとしない。

ぼくの靴が決まると、バーマンさんはファッジの靴ひもをほどいて脱がせ、足を測りはじめた。

「茶色と白のサドルシューズです」ママが念を押した。

　バーマンさんはまた奥へ行くと、靴箱を二つ持って戻ってきて、一足目の箱を開けた。ファッジは中の靴を見るなり「だめ！」といった。

「何がだめなの？」ママがきいた。

「くつはだめ！」ファッジはそういって足をばたつかせた。

「何をいってるの、ファッジ。新しい靴がないと困るのよ」ママがいいきかせた。

「だめったらだめ！」ファッジがだだをこねはじめると、デパートの靴売り場と、そのまわりにいた人たちが一斉《いっせい》にぼくたちの方を見た。

「こっちはぴったりのサイズだよ」バーマンさんがもう一足を見せて、ファッジにいった。「すごくいいはき心地だから、一度試してみよう」

　けどファッジはさらに足をばたつかせるだけだった。こんなに騒がれたら、さすがのバーマンさんも靴をはかせられない。「だめ！　だめ！　だめ！」

　ママが抱きすくめても、ファッジはあらゆる方向へ身をよじって、バーマンさんの顔までけろうとしてる。裸足《はだし》だから、けられてもけがはしないだろうけど。

　ママがいった。「ねえ、ファッジ、せっかく新しい靴を買いにきたのよ。古いのは小さすぎるんですもの。どんな靴ならはいてくれるの？」

まともにいいきかせたってどうにもならない。いったんへそを曲げたら、ファッジは何をいったってききやしない。その証拠《しょうこ》にとうとう床に体を投げ出して、こぶしでじゅうたんをたたきだした。

「どんな靴ならいいの、ファッジ？　あなたの新しい靴を買うまでは、ママもお兄ちゃんもここを動かないわよ！」ママは本気だ。

このまま一日じゅうここにいなきゃいけないの？　いや、もしかして一週間？　ママはぼくの靴下の小さな穴一つで恥ずかしがってたのに、ファッジが床の上でずっと泣きわめいてるのは平気なの？　信じられない！

「これから三つ数えるわよ」ママはファッジにいった。「そのあいだにどんな靴がほしいかいってちょうだい。いい？　一つ、二つ、三つ……」

ファッジは起きあがって、「ピー、ター、みたいなの！」といった。

ぼくはにんまりした。こいつ、よっぽどぼくにあこがれてるんだな。靴までおそろいにしたがるなんて。幼児向けのローファーなんてあるわけないのに。

「坊やのはけるローファーはないんだよ」バーマンさんがいった。

「やだやだやだ！　ピー、ター、みたいなくつじゃなきゃやだ！」

バーマンさんはもう降参《こうさん》といわんばかりに両手を上げて、ママを見た。

するとママは、「わたしに考えがあります」といってぼくとバーマンさんを手招きした。

いやな予感がしたけど、まずはきくことにした。ママはいった。「ちょっとファッジをだますことになるけど……」

「どういうこと？」ぼくはきいた。

「だから、その……バーマンさんにあなたのサイズのサドルシューズを用意してもらって……」

「ちょっと待った！」ぼくはさえぎった。「ぼくにサドルシューズをはけっていうの？　やだよ！絶対に！」

「最後まできいて。サドルシューズをはいて見せて、ファッジにそれがあなたの靴だと思わせるだけでいいの。でも本当に買って帰るのはローファーの方よ」

「さすがだなあ」ぼくはいった。「ファッジの扱《あつか》い方だけはママにかなわないや」

「それ、今頃気づいたの？」ママは切り返した。

「そうそう、今頃ね」

「ねえ、ピーター、もうお昼よ。お腹と背中がくっつきそうだわ」ママは時計を見ながらいった。

「ぼくもだよ」

「だから、早くお昼にしたければママのいう通りにしてね」

「うん、わかったよ」

ぼくは椅子に腰かけて、バーマンさんがまた奥から出てくるのを待った。

ファッジは床の上からぼくを見ていった。「ピーター、みたいなくつ！」

「ああ、待ってろよ」

バーマンさんは、ぼくの足に合そうな茶色と白のサドルシューズを持って戻ってきた。試しにはいてみたけど、やっぱりダサい！

「どう？　ピーターのサドルシューズ、素敵でしょう？　今度はファッジも同じのをはいてみてね」

ファッジはすんなりバーマンさんに新しい靴をはかせてもらうと、「ねえ、みて、ピーターみたい！」といって足を上げた。

「そうだよ、ファッジ。おそろいだね」ぼくはいった。小さい子を丸めこむのって意外と簡単なんだな。

「はいていかれますか？　お包みしますか？」バーマンさんが、新しい靴で歩きまわるファッジを見ながらきいた。

「もちろん、包んでください！」ママは答えた。

ママは、明日ぼくが新しいローファーをはいてるのを見たファッジに何て説明するつもりなんだろう。まあ、ぼくが心配することないか。ママのアイディアなんだから。

ファッジは古い靴にはきかえた。バーマンさんは包装をすませると、ファッジにストライプ柄《がら》の風船を渡した。ぼくにもくれようとしたけど、ていねいに断った。四年生にもなって靴屋の風船なんて。

「意外と楽な買いものだったでしょう、ピーター？」

「あれで？」

「だって、もっと大変だったかもしれないのよ！」

「確かにね」

ぼくたちはハンバーガーヘヴンへ行ってお昼にした。席に着くと、ママはファッジと自分の食べるものを注文した。ファッジは風船で遊んでる。ぼくは自分で食べたいものを注文した。ハンバーガーにサイドメニュー、そしてチョコレートシェイクだ。ファッジはキッズスペシャル、つまりバンズなしのハンバーグにマッシュポテト、それにグリーンピースを追加してもらった。

注文が全部そろうと、ママはファッジのハンバーグを小さく切ってやった。ファッジはそれを一つずつつまんで口に入れる。ママはマッシュポテトも食べるようにとスプーンを渡したけど、ファッジは食べずに壁にぬりつけて、「みて」といった。

ぼくはママにいった。「ファッジは行儀よくなってるっていわなかったっけ？」

ママはいった。「ファッジ、お行儀が悪いわよ。いたずらはすぐにやめなさい！」

けどファッジは、歌うように「たべないなら、かぶる！」というと、皿に入ったグリーンピースを残らず頭の上に空けた。

ぼくは笑った。笑わずにいられなかった。髪《かみ》の毛から豆がポロポロ落ちて……なんだこいつ、バカ丸出しじゃん！　食べながら笑ってると、息ができなくなる。ピクルスがのどにつまったので、ぼくはママに背中をたたいてもらった。そのすきにファッジは、また壁にマッシュポテトをぬりつけた。

ウェイトレスが来て、ほかにご注文はございますかときいた。

ママは、「これで全部です。もう十分です」と答えて紙ナプキンで壁をふきながら、ファッジに「いたずらはやめなさい」といった。

「ちがうもん。ぼく、いいこ！」

「いいえ、悪い子よ！　ピーターみたいに食べなさい。静かに、お行儀よくね」

ファッジはだまってフォークで風船を刺《さ》した。風船が割れると、今度は大声でわめきだした。

「なくなっちゃったあ！　ふうせん、ちょうだい！　もっとお！」

「だまれ！　人間なら人間らしくしろ！」ぼくはしかりつけた。

「やめて、ピーター」ママがいった。

ママもママだ。こんなやつたたいてやればいいのに。そうでもしなきゃハンバーガーショップでのマナーもわからないんだから！

ぼくたちはタクシーで家に帰った。ファッジは車の中で眠ってしまい、指をくわえておしゃぶりの音をさせてる。ママが「そんなに悪い一日じゃなかったでしょ、ピーター？」と小声でいってきた。ぼくは答えずに窓の外に目を向けた。ファーリー・ドレクセル・ハッチャーと一日を過ごすのは、もう二度とごめんだ。

7　空飛ぶ電車？

一月に、ぼくたちのクラスでニューヨーク市についての研究発表をすることになった。担任のヘイヴァー先生が家でも研究できるようにと、住んでる地域《ちいき》ごとにグループ分けをしてくれた。ぼくはジミー・ファーゴやシーラと同じグループで、テーマは市の交通についてだ。準備はぼくの部屋でする。グループの中で、自分の部屋があるのはぼくだけだからだ。これから数週間、各グループで色いろ調べてその成果を冊子《さっし》にまとめて、パネルも作ってみんなの前で発表する。

放課後、ぼくたち三人は学校の帰りにパネルにする厚紙を買いにいった。色は黄色に決めた。ジミーは青がいいといったけど、シーラが「黄色のほうがずっと明るいし、みんな注目するんじゃない？　青なんて地味すぎよ」といってゆずらなかった。

シーラは自分の方が、ぼくとジミーより頭がいいと思ってる。それも、女子だからっていうだけの理由で！　そんなシーラはさっそくグループを仕切りだした。「わたしは冊子の係をやるから、ピーターとジミーはパネル係をやって。ただしパネルのアイディアが浮かんだら、まずはわたしに相談すること。気に入らなければもちろん没《ボツ》だから」ぼくとジミーは従うことにした。なにしろシーラが冊子一〇ページ分を一人で書いてくれて、ぼくたちは二人で五ページずつ書くだけでいいんだから。

ぼくらは黄色の厚紙を買ってから図書館に行って、交通に関する本を七冊借りた。スピードや交通渋滞《じゅうたい》や大気汚染について、できるだけ多くのことを調べなきゃならない。それから二週間、ぼくらは火曜日と木曜日の午後に集まることにした。

一回目の集会はこんな調子だった。ぼくの部屋に三時半に集まって、おやつを食べて、ドリブルと遊ぶだけで三〇分が経ってしまった。ファッジの前歯が折れてから、シーラはばい菌《きん》ごっこをやらなくなった。けどそれで、シーラと過ごす時間が楽しくなるわけじゃない。「こんなどうしようもないグループになんでわたしが入れられたわけ?」だの「もっとまじめにやりなさいよ」だの文句ばっかりだ。それでもがまんするしかない。今さらグループを変えてもらうなんて無理に決まってる。

シーラとジミーは五時半までに帰らないと夕食に遅《おく》れてしまうから、五時にはあと片づけを始めなきゃならない。マジックのセット、接着剤《せっちゃくざい》、セロテープ、よく切れるはさみ、銀ラメ入り絵の具の容器を靴箱《くつばこ》に入れて、ベッドの下にしまう。

シーラはいつも冊子を持って帰る。ぼくの家に置いていくと、何か余計な書きこみをされるんじゃないかと疑ってるんだ。パネル用の厚紙は道具類と一緒にベッドの下に入れて、図書館の本は机にきちんと置く。散らかしっぱなしにするならうちは使わせない、とママにいわれたから。それがなきゃ、まじめにあと片づけなんかするもんか。

三度目の集会で、ぼくはジミーとシーラにいってみた。「ニューヨーク市の交通問題を解決できる方法を思いついたよ。渋滞をなくすには、車もバスもタクシーも市内を走らなければいい。ほんとに必要なのは、市内全体を移動できるモノレールシステムさ」

「お金がかかりすぎるでしょ。きこえはいいけど現実的じゃないわ」シーラがいった。

ぼくは負けずに反論した。「そんなことないよ！　すごく現実的さ。それに渋滞がなくなれば空気もきれいになるし、すぐに目的地に着ける」

「でも現実味がないわ、ピーター！　予算がかかりすぎるのよ」シーラもゆずらない。

ぼくは交通の本を開いて、「モノレールシステムこそ未来の希望」というお気に入りのフレーズを読んできかせると、せきばらいをして顔を上げた。

「モノレールのことだけじゃレポートにならないわ。その話だけで二〇ページも書けるわけないじゃない」

「文字を大きくすればいい」ジミーがいいだした。

「だめよ！　今度の研究では高得点が欲しいの。ピーター、モノレールシステムとその役割についてはは五ページにまとめて。ジミーは、排気ガス汚染のことで五ページね。わたしは市内交通の歴史について書くわ、一〇ページ分よ」シーラはまくし立てると、腕組みをして笑った。

「大きな字で書いていいかな？」ジミーがきいた。

「いくら大きく書いても構わないけど、その五ページに自分の名前を書くのを忘れないで」

「何いってんだよ！　グループ研究じゃないか。ぼくの五ページにだけ名前を書くなんてありえない」

「だったら大きな字はやめて！」シーラは強くいった。

「わかったよ。それなら、ヘイヴァー先生が顕微鏡《けんびきょう》を使わなきゃ読めないくらい小さな字で書く」

「そうね、その方がましかもね」

ぼくは二人にいった。「ねえ、全部を一人が書くことにしたらどうだろう。その方が読みやすい。でないとどこをだれが書いたかヘイヴァー先生にわかっちゃうし、グループ研究の意味がない」

「それ、いい考えだね。誰の字が一番きれいだと思う？」

ぼくとジミーはシーラを見た。

「そうね。わたしなら大きさのそろった字が書ける。しかもきれいに」シーラはいった。「でもわたしがあんたたちの書いたものを書き写すんなら、今度の火曜日までには出してよね。でなきゃ、きれいに読みやすく清書する時間がないもの。それから二人は、急いでパネルを描《か》いて」まるで自分が先生で、出来の悪い生徒二人を指導してるような口ぶりだ。

ぼくとジミーは、誰の助けも借りずにパネル全体の構図を作った。すべての交通手段のいいところと悪いところをあげてある、とてもわかりやすい描き方だ。陸や海、空などに分けて、それぞれの内容を考える。銀ラメの絵の具で大型飛行機を描いて、赤と青のマジックで文字を書く計画も立てた。文字が半分くらいできあがると、船や小型飛行機、トラックもデッサンした。

乗りものの絵を見たシーラがきいてきた。「それ、電車のつもり？」

「いや、トラックだよ」ぼくは答えた。

「そうは見えないけど」

「ちゃんとそれらしく仕上げるから」ジミーがいった。

「そうしてね。これじゃ、空飛ぶ電車みたいだから！」

「まだ下に地面を描いてないだけだよ」

ぼくもいった。「そうだよ。そうすれば道を走ってるように見える。今はロケットみたいだけど」

「船もね」シーラはいった。

「船の作る波をまわりに描くよ」ぼくはいった。

「小型飛行機のそばには雲もね」

ジミーが声をあげた。「おい、ちょっとしゃばりすぎだぞ。パネルはぼくとピーター、君は冊子の係だろ？　自分で決めたんじゃないか」

「まったく……これだからいやになっちゃう！」シーラはいった。「二人とも、これがグループ活動だってことを忘れてない？　三人で協力しあわなきゃ意味ないのよ」

「協力しあうっていうのは、君が命令してぼくらをこき使うことじゃない」ジミーは反論した。

そう、まさにその通りだ！

シーラは一言も返さずに、荷物をまとめ、コートを着て帰っていった。

「このまま戻ってこなきゃいいんだ」

「戻ってくるよ。リーダーなんだから」ぼくはいった。

ジミーは笑った。「そうだね。まったく大したグループだ！」

ぼくはパネルをベッドの下にしまうと、ジミーにさよならをいって、手を洗って夕食にした。

ママはぼくたちの研究活動にとても協力的だ。ファッジを火曜日はラルフのところで、木曜日はジェニーのところで遊ばせることにしてくれた。サムは今、水ぼうそうで遊べない。

ありがたいことに、放課後の集まりもいよいよ来週で終わりだ。シーラと交通問題にはもううんざりだ。それにしてもがっかりなのは、ぼくがモノレールシステムは街を便利にする最高の交通機関だと気づいたのに、市長さんも市議会の人たちも何もしてないってことだ。子どものぼくが気づくことに、大人たちが気づかないなんて信じられない。

次の日学校から帰って、いつものようにドリブルを見ようと寝室へ行くと、ファッジがぼくのベッドに座ってた。

「ぼくの部屋で何してるんだ？」ぼくがきくと、ファッジは笑った。

「ここにいちゃいけないいってわかってるだろ？　ぼくの部屋なんだぞ」

「みたい？」ファッジがきいてきた。

「何を？」

「みる？」

「いったい何のことだ？」

ファッジはベッドから飛びおりて、下にもぐると、ぼくたちのパネルを引っぱり出して、「ほら、きれいでしょ！」といった。

ぼくは怒鳴《どな》った。「何をしたんだ！　ぼくたちのパネルに！」見てみると、色とりどりのマジックでパネルじゅうが落書きだらけだ。これまでの苦労が台なしじゃないか！　ファッジのやつ、もうただじゃすまさない！　ぼくはパネルをつかんでキッチンへ行った。パネルをママに見せようとしたけど、言葉がうまく出てこない。「見てよ」とりあえずいってみたけど、まだのどに何かつまってる感じだ。「ファッジのせいで、めちゃくちゃだ」涙が頬《ほお》を伝っていく。けど気にしてる場合じゃない！「こんなことするやつを、なんで好きにさせておくの？」そうだ、ママが悪いんだ。「なんでもっとぼくのことを心配してくれないの？」

ぼくはパネルを投げ捨てると、部屋へ駆《か》けこんでドアをばたんと閉めた。靴を脱《ぬ》いで投げつけたら、壁《かべ》に黒いあとがついた。構うもんか！

と思ったそのとき、ママがファッジをしかりつけてる声に続いて、泣き声がきこえた。しばらくするとドアをノックする音がした。「ピーター、入っていいかしら？」ママの声だった。

ぼくは返事をしない。

ママはドアを開けてベッドに歩み寄り、ぼくのとなりに腰かけた。「本当にごめんなさい」

ぼくはだんまりを続けた。

「ピーター」少しして、ママが切りだした。

ぼくは見向きもしない。

ママはぼくの肩に手を置いた。「ピーター、きいてちょうだい」

「わからないの、ママ？　ぼくは弟にじゃまされて、宿題もろくにできないんだ。こんなことってある？　あんなやつ生まれてこなけりゃよかったんだ！　絶対に！　いなくなればいい！」

「それは本心じゃないでしょう？」ママはいった。「自分でそう思おうとしてるだけよ」

「やめてくれよ」ぼくはいった。「ぼくは本気さ。もうがまんの限界なんだ！」

「怒ってるのね。わかるわ。当然よ。大事な宿題のパネルに手をふれたファッジが悪いんだもの。だからママ、あの子をたたいたの」

「たたいた？」ぼくは思わずきき返した。ファッジがたたかれるなんて、これまで一度もなかったのに。パパもママも体罰《たいばつ》には反対だから。「本当にたたいたの？」ぼくはもう一度きき返した。

「そうよ」ママは答えた。

「強く？」

「ええ、お尻《しり》をね」

　ぼくはその場面を想像してみた。

「ピーター」ママはぼくの肩に腕を回した。「明日ママが新しいパネル用紙を買っておくわね。今度ばかりはママのせいだから。ファッジをあなたの部屋に入れちゃいけなかったのに」

「だからいったんだよ。ドアに鍵《かぎ》をつけてって」

「部屋に鍵だなんて、わたしたちは家族じゃない。お互《たが》いをしめ出しあうなんてやめましょうよ」

「鍵がないから、ファッジにパネルをめちゃくちゃにされたんじゃないか！」

「もう二度とそんなことはさせないわ」ママは約束した。

　ママを疑いたくはないけど、やっぱり信じきれない。しばりつけでもしないかぎり、ファッジはまたぼくの部屋へ入りこむに決まってる。

次の日ぼくが学校にいってるあいだに、ママは新しい黄色のパネル用紙を買っておいてくれた。ジミーに一からやり直しだと説明するのはつらかった。がんばってくれたのに。ジミーは、「今度こそちゃんとしたトラックを描こう。空飛ぶ電車になんか見えないように」といった。ぼくも、「鉛筆《えんぴつ》で下書きをして、文字が曲がらないようにする」といった。

その日の午後の集まりでは、シーラもぼくたちも、前回の口げんかにはふれなかった。ぼくとジミーはパネルを描いて、シーラはぼくたちの調べたことを清書して冊子にする。月曜日の発表の準備も早めに終わりそうだ。まだ始めてもいないグループもあるっていうのに！

五時になると、ぼくとジミーのパネルが完成した。シーラは冊子の表紙までほとんど作りあげた。ジミーがそっとシーラの背後に近づいて、仕上げの様子を見てる。

少しして、ジミーが声をあげた。「シーラ、どういうつもりだよ？」

ぼくは立ちあがって、二人がいる机のそばへ行った。表紙を見るとかなりの出来ばえで、こう書いてあった。

「市内の交通について」

その下には

シーラ・タブマン、ピーター・ハッチャー、ジェームズ・ファーゴ

と書いてあり、さらに下には小さな文字で

筆記　ミス・シーラ・タブマン

と書いてあった。

ジミーが怒るはずだ。ぼくも頭を抱《かか》えていった。「シーラ！　なんてことをしてくれたんだ！」

シーラは何もいわない。

「ひどいじゃないか！　パネルには名前なんか書いてないのに！」ぼくはいった。

「でも、表紙はできちゃったのよ。ほら、もう一度きれいに書き直すなんてとても無理だわ。これ、完璧《かんぺき》でしょ！」

「ふざけるな！　こんな冊子、提出させないぞ！　その前に破ってやる！」ジミーは冊子をつかみとって、半分に破るふりをしておどした。

「何するの！　破ったらただじゃおかないわよ、ジミー・ファーゴ！　返して！」シーラは今にも泣きだしそうだ。

ぼくにはわかってる。ジミーは本当に破ったりしない。けど、それはあえていわないでおこう。

「ピーター、ジミーに返すようにいって！」

「いいよ。『筆記』って書いたところを消してくれるんならね」

「だめよ！　そんなことしたら、わたしががんばった意味がなくなっちゃう」

「だったら、破いてもらった方がいいね」

シーラは地団太《じだんだ》ふみながらいった。「まったく！　あんたたち二人とも大きらい！」

「大きらいなんて嘘だろ？　そう思いたいだけさ」

「ほんとにきらいよ！」シーラは涙声だ。

「頭にきてるからそう思うんだ」ぼくは思わず笑ってしまった。

シーラはジミーに飛びついてとり返そうとした。けどジミーが冊子を頭の上にかかげてしまった。ジミーの方がずっと背が高いから、シーラにうばい返せるわけがない。

シーラはついにしゃがみこんでため息をつくと、小声でいった。「降参《こうさん》だわ。あんたたちのいう通りにする。筆記がわたしというところは消す」

「ほんとに？」

「ほんとよ」

ジミーは冊子を、机の上に戻した。「じゃあ、始めようか」

「表紙を全部新しく作り直すのは無理だから、わたしの名前を飾《かざ》りっぽい絵にするだけよ」シーラはマジックで文字を花に変えていく。すぐに「筆記　ミス・シーラ・タブマン」の一三文字は、一三個の小さな花になった。

「ほら、これでどう？」

「なかなかいいね」ぼくはいった。

「花が描いてあるのも変だけど、シーラの名前よりはましだね」ジミーもいった

その夜、ぼくはパパとママに新しいパネルを見せた。二人とも感心して、特に銀ラメの絵の具で描いた大型飛行機がいいといってくれた。ママの許しをもらって、ぼくはパネルを冷蔵庫の上に置いた。明日、ぼくが学校に行くまでファッジにいたずらされないようにするためだ。

もう何の心配もない。冊子はシーラが持ってるし、パネルも安全、グループ活動も予定より早く終わった。ぼくはゆっくりしようと自分の部屋に行った。ファッジが、ベッドのそばの床にしゃがみこんでる。道具類を入れた靴の箱を前に置いて、何をしてるのかと思ったら、顔じゅうにマジックで落書きがしてあった。おまけに髪《かみ》まではさみで切って、切った髪の毛がドリブルの水そうの中に入って、足元の床にも散らばってる！

「みて、ファッジ、とこやさん！」

髪の毛がカメの体に何の害もないことは、その夜のうちにわかった。ぼくは毛を一本一本甲らからとって、水そうも石もきれいに洗った。ドリブルもうれしそうだ。

次の日、ちょっとした事件が二つ起きた。まず、ママがめちゃくちゃになったファッジの髪型をなんとかしてもらおうと、本物の床屋さんに連れていった。後ろ髪はほとんど残ってたけど、

前髪と頭のてっぺんはどうにもならなかった。理容師さんは、元通りにのびるのを待つ以外、大したことはできないといった。変な髪型で、前歯が牙みたいなファッジはいつ見ても笑える。

次にパパが会社の帰りに、ぼくの部屋のドアにつけるチェーンロックを買ってきてくれた。ぼくはつま先で立てば届くけど、ファッジは背のびをしようが何をしようが届かない。

研究発表のトップバッターは、ぼくたちのグループだった。ヘイヴァー先生は「よく調べましたね」とほめてくれたし、パネルも気に入ってくれた。やっぱり銀色の大型飛行機が好評だった。ただ、一つだけ質問されてしまった。「どうして空飛ぶ電車まで描いたんですか?」

8　スターになれる？

リンダおばさんはママの妹だ。ボストンに住んでて、先週女の赤ちゃんを産んだ。ぼくに新しいいとこができたというわけだ。ママは飛行機でボストンへ行って、おばさんと生まれたばかりの赤ちゃんに会うことにした。

「週明けには帰るわね」ママはいった。

「わかった」ぼくはママのベッドに腰かけて、荷作りの様子を見ながら返事をした。

「あなたとファッジの世話はパパがしてくれるわ」

「わかった」ぼくは繰り返す。

「あなたたち、本当に大丈夫？」

「もちろんだよ」

ママはさらにきいてきた。「パパやファッジを手伝ってあげられるわよね？」

「うん、ママ、心配ないって」

「心配はしてないけど、何ていうか……パパは、子どもを世話した経験があまりないの」ママはいって、スーツケースを閉じた。

「大丈夫だよ、ママ」週末が本当に待ち遠しい。パパならちゃんと片づけろとかうるさくいわないし、身だしなみをチェックしたりもしない。それに夜ふかしだってできる。

金曜日の朝、ぼくたちはママを見送るためにエレベーターに乗りこんだ。

エレベーター係のヘンリーが、スーツケースを見てパパにたずねた。「ご主人、お出かけですか？」

ママが答えた。「違うのよ、ヘンリー。わたしが飛行機でボストンへ行くの。妹に初めての赤ちゃんが生まれたから、色いろと手伝ってあげようと思って」

「あたらしいあかちゃん、あかちゃん、あかちゃん……」ファッジがいっても誰もきいてない。こんなひとりごと、みんなとっくにききあきてる。

一階に着いてロビーに出ると、ヘンリーがママに声をかけた。「それでは奥さん、素敵な旅を」

「ありがとう、ヘンリー。うちの家族をよろしくお願いね」

「承知《しょうち》しました、奥さん」ヘンリーはいって、パパにウィンクした。

外へ出るとパパはタクシーを呼び止めて、先にスーツケースを入れてから、ドアを押さえてママを乗せた。ママが座席に落ち着くと声をかけた。「うちのことは心配ないよ。本当に大丈夫だから」

「ほんと、だいじょぶ、だいじょぶ、ママ」ファッジはまた勝手にしゃべりだす。

「それじゃママ、日曜日に」ぼくはいった。

ママはぼくたちに投げキッスをした。タクシーが走り去った。

パパがため息をついた。ファッジは飛びはねながら声をあげる。「バイバイ、ママ、またね！」

今日は先生方の特別会合で学校が休みだから、パパはぼくとファッジを会社に連れていくことにした。

パパの会社は、ほぼ全面ガラス張りの大きなビルの中にある。みんな忙しそうだ。自分の席でじっとしてる人なんていない。いつもせかせか動きまわってる。一人で来たら迷ってしまう人だっているだろう。パパには専用のオフィスがあって、秘書もいる。ジャネットさんというすごい美人で、特にぼくが気に入ってるのはふさふさの黒髪《くろかみ》だ。それに、あんなに長いまつげをしてる人は見たことがない。いつかママがこういってた。「ジャネットさんってきっと、夜明けとともに起きて即《そく》お化粧なのね」パパは笑うだけだった。

ぼくはすでにジャネットさんと知りあいだけど、ファッジは初対面だ。髪がほぼ元通りにのびててよかった。歯のこともすぐに説明できた。「前歯を二本折ってしまったけど、六つか七つになれば生えてくるし、大きくなったらちゃんと生えそろうそうです」

「ほら、ぜーんぶなくなっちゃった」ファッジは口を開けて見せた。

パパがいう。「ジャネット、午前中はうちの息子たちを頼《たの》んだよ。わたしが仕事を片づけるまで、相手をしてやってくれ」

ジャネットさんは答えた。「わかりました、ハッチャーさん。オフィスへどうぞ。わたしは坊やたちを、別室へご案内します」

パパが自分のオフィスへ行くと、ジャネットさんはすぐに小さなハンドバッグを引き寄せて、ヘアブラシと口紅、そしてクラッカーの袋を出して、ぼくとファッジにきいた。「食べる？」

「ありがとうございます」ぼくはクラッカーをひとつかみとり出した。ファッジも同じくらいもらった。クラッカーは小さな金魚の形だった。ぼくたちが食べてるあいだにジャネットさんは、机の引き出しから折りたたみ式の鏡を取り出して、化粧《けしょう》を直し始めた。広げるとけっこう大きな鏡で化粧を終えたジャネットさんは、ぼくたちが入ってきた時と全然変わらなかった。けど自分ではもっときれいになったつもりらしい。「きれいになったでしょう？」ジャネットさんはそういって化粧道具をしまうと、ぼくとファッジの手をとった。

ぼくたちはドアから出て、長い廊下《ろうか》を歩いて別の部署に行った。そこは子どもたちとお母さんでいっぱいだ。五〇人はいるだろう。子どもたちのほとんどはファッジと同じくらいの年頃で、泣いてる子もいる。

ぼくはいった。「ここって保育園みたいですね」

ジャネットさんは笑いながら教えてくれた。「トドルバイクの新作CMに出演する、モデル候《こう》補《ほ》の子たちよ」

「みんな、CMでトドルバイクを乗りまわすために来たんですか？」

「そうよ。少なくともお母さん方はぜひうちの子を、と思ってるわ。でも、選ばれるのは一人だけなの」

「こんなに大勢《おおぜい》の中から？」

「そういうこと」

「誰が選ぶんですか？」

「あなたのパパとデンバーグさんよ。もちろんトドルバイクの社長、ヴィンセントさんにも認めてもらわなきゃならないけど」

ちょうどそのとき、となりの部屋のドアが開いて秘書らしい人が出てきて、待機中《たいきちゅう》の子どもたちに声をかけた。「次の方」

「次はうちのマレーよ」一人のお母さんがいった。

「違うわ！　うちのサリーよ」もう一人のお母さんがいった。

秘書らしい人がいった。「お母さん方！　すみません！　順番を守ってください」

次はマレーという子の番だった。赤毛の小さな男の子だ。マレーが部屋に入っていくらも経たないうちにドアが開いて、葉巻をくわえた大きな男の人が出てきてこういった。「あの子じゃだめだ！」

マレーは泣いてる。お母さんが男の人に食ってかかった。「あなたに何がわかるんです？　この子の才能を見抜く目もないくせに！」

ジャネットさんがぼくにささやきかけた。「トドルバイク社の社長、ヴィンセントさんよ」

ヴィンセントさんは部屋の真ん中まで歩いてくると、子どもたちを見まわした。ぼくたちを見て指をさすと、「この子だ！　こんな子を探してたんだ！」といった。

ぼくのこと？　胸がドキドキした。トドルバイクに乗った自分をテレビで見るってどんな気分だろう。友だちもみんな、テレビをつけたとたんに大騒《おおさわ》ぎだ。「おい、これ、ピーターじゃないか！」

けど、ヴィンセントさんが近づいてきて抱きあげたのは、ファッジだった。ぼくのはかない夢はそこで終わった。「この子こそぴったりだ！」

付き添《そ》いのお母さんたちが、子どもに帰り支度《じたく》をさせてそそくさと引きあげていく。

ヴィンセントさんはファッジを抱いて、隣の部屋に向かった。ジャネットさんがあとを追い、声をかけた。「お待ちください、ヴィンセントさん。その子は違うんです」

ぼくも、急いでジャネットさんを追った。

ヴィンセントさんはファッジを抱いたまま部屋に入ると、得意そうに声を張りあげた。「ついに見つけたぞ！　新作のCMでトドルバイクを乗りまわすのは、この子しかいない！」

ヴィンセントさんはファッジを下ろして、葉巻を口からはずした。そこには男の人が二人いた。デンバーグさんとうちのパパだ。

「あ、パパ」ファッジが声をかけた。

パパがヴィンセントさんにいった。「ヴィンセントさん、この子はうちの息子です！　モデルでも俳優《はいゆう》でもありません。CMなんて無理ですよ」

「そんなことはどうでもいい。この子は、そのままでぴったりなんだ！」ヴィンセントさんは力説する。

「きいてください、ヴィンセントさん。わたくしどもは御社《おんしゃ》のために、最高のCMを作りたいんです。ファッジにトドルバイクのCMなんてとても……」

ヴィンセントさんは大声でさえぎった。「まあききたまえ、ハッチャー君！」

どうしてヴィンセントさんは、パパのことを「ハッチャー君」って呼ぶんだろう。ヤービーさんもそうだったけど。

ヴィンセントさんはファッジを指さしていった。「この子がトドルバイクに乗ってくれないなら、CMの仕事はほかの会社に頼む。そういうことだ」

パパはとなりのデンバーグさんに助けを求めた。けどデンバーグさんは素っ気なくいった。

「ウォーレン、決めるのは君だ。わたしがどうこう口をはさむ問題じゃない」

パパはファッジをひざに乗せてきいた。「ファッジ、トドルバイクに乗ってみたいか？　おまえのとそっくりだが、どうする？」

ぼくはいった。「ファッジにきいてもしょうがないよ。CMが何なのかもわかってないのに」

パパはすぐそばにいるぼくの言葉を無視したけど、思い直してつぶやいた。「どうすればいいか考えてるんだ。だから静かにしてくれ、ピーター」

「さあどうする、ハッチャー君、息子さんを出さなければ他社《たしゃ》に頼むまでだが？」ヴィンセントさんは強くいう。

ファッジのせいで、パパがジューシーOの仕事からはずされたことを思い出した。今度の仕事もだめになったら、さすがにパパも耐えられないだろう。

パパはようやくいった。「わかりました、ヴィンセントさん。どうぞファッジをお使いください。ただ、一つだけ条件があります」

「何だね？　ハッチャー君」

「撮影は今日の午後にしてください。うちのファッジは、明日以後はだめなんです」

「別に構わんよ、ハッチャー君」

「ファッジはギャラがもらえるの？」ぼくはパパにきいた。「ピーター、それは……」たぶんもらえるということだ。ギャラが出れば、銀行口座に大金がふりこまれる。ぼくがお金に困ったら、ファッジに借りることになるかもしれない。いや、ちょっと待て。そんなのだめだ！　こいつに借金なんてするくらいなら、飢《う》え死にしたほうがましだ！

ぼくはいった。「せめてCM撮影を見たいな」

「いいとも、好きなだけ見ていくといい」パパが答える。

ぼくはデンバーグさんのほうを見てきいた。「ファッジは、有名になるんですか？」

「いや、そうはならないだろう。だがCMを見た人たちは、親しみを感じると思うよ」

今度はヴィンセントさんにきいた。「ファッジは前歯がないってこと、ご存知《ぞんじ》ですか？」

「それも魅力のうちだ」

「二か月前に髪も全部切っちゃったんです」

「今は十分のびてるじゃないか」

「それに、長いセリフもだめなんです」ぼくは部屋にいる全員にきこえるようにいった。

「セリフなんかない」ヴィンセントさんは答えた。

ぼくが思いつく出演辞退《しゅつえんじたい》の口実《こうじつ》はそこでネタ切れ、ファッジのCMデビューは決まってしまった。ファッジがたちまちテレビ界のスターになったとしても、ぼくは平凡《へいぼん》なピーター・ハッチャーのまま、何のとりえもない小学四年生だ。

デンバーグさんがいった。「昼食後、すぐに始めよう。二時間ほどで撮らなければ」

パパとデンバーグさんは撮影の準備にとりかかった。ぼくはジャネットさんに男子トイレの場所をきいた。ジャネットさんはトイレの前まで案内してくれた。ぼくはお礼をいった。「どうも、あの、待っててくれなくてもいいです」

帰り道はちゃんとわかる。迷わずに戻ると、ぼくは鏡に映る自分を見ながら思った。ファッジなんか生まれてこなければよかったのに。おいしい話は全部あいつが持っていく。ぼくと同じ一〇歳か九歳だったら、ヴィンセントさんもCMでトドルバイクをこぐ役になんか選ばなかったはずだ。

ジャネットさんが喫茶室《きっさしつ》でサンドイッチとドリンクを注文してくれた。ぼくたちは食事をすませると、カメラが用意されたスタジオへ向かった。リアルな街並のセットがすっかり完成してる。赤いトドルバイクはもちろん新品で、ぴかぴかだ。パパが好きなように乗ってごらんというと、ファッジはうれしそうにバイクにまたがって、声をあげながらスタジオじゅうを走りまわった。「ブルン、ブルン、ブルルーン！」

パパ、ヴィンセントさん、ジャネットさんが折りたたみ椅子に腰かけて、その様子をながめてる。ぼくはパパのそばへ行って、床に腰をおろした。監督《かんとく》を任されたデンバーグさんが、ファッジに声をかけた。「いいよ、ファッジ。すぐに撮影だ。スタートといったら、トドルバイクをこいでこっちへ来てくれ。走ってるところを撮るから。いいね？」

「やだ」

「どういうことだ、ハッチャー君？　なぜいやだなんて」ヴィンセントさんがきいた。

パパは苦しそうに答えた。「いいですか、ヴィンセントさん。ファッジを使おうといいだしたのはあなたです。わたしじゃありません」

デンバーグさんはもう一度指示を出した。「いいよ、ファッジ、スタート！」

カメラマンもいった。「そこからこぎはじめて。さあ、おいで！」

ファッジはトドルバイクにまたがったまま、ペダルをふみこもうとしない。

カメラマンが声をかける。「さあファッジ、早く！」

「やだ。やりたくない！」ファッジはゆずらない。

「ハッチャーさん、この子、どうかしたんですか？」カメラマンがきいてきた。

パパがいった。「ファッジ、優しいおじさんのいう通りにしてくれ」

「いやったらいや！」

ジャネットさんがパパにささやきかけた。「ハッチャーさん、クッキーでもあげたらどうです？」

「いい考えだね、ジャネット」パパは答えた。

「ちょうどここにオレオがあるんですけど」ジャネットさんはハンドバッグを軽くたたきながらいった。「あげていいでしょうか?」

「まず一つ」パパはいった。

ジャネットさんはスタジオを横切って、トドルバイクにまたがってるファッジのところへ行った。「優しいおじさんのいう通りにしたら、クッキーをあげるわよ」

「みせて」ファッジはいった。

ジャネットさんはオレオの箱を高く上げた。本当に用意がいいなあ。きっと一日じゅう何か食べてるんだ。金魚の形のクラッカーに、オレオまで箱ごと持ち歩いてるくらいだから。あのバッグ、ほかにどんなものが入ってるんだろう。

「ちょうだい」ファッジは手をのばす。

ジャネットさんはクッキーを一つとり出した。けどファッジが手をのばしても渡さない。「優しいおじさんのいう通りにしたら、これをあげる。うまくできたら二つでも三つでもね」

「じゃあ、クッキー」

「おじさんのいう通りにするほうが先よ」

「だめ! クッキー!」

「ジャネット、一つやってくれ。これで一日を棒にふるわけにはいかないんだ」デンバーグさんが声をかけた。

ジャネットさんがオレオを一つやると、ファッジはすぐに食べてしまった。

カメラマンがいった。「さあ、坊や。その気になったかい？　さあ、バイクでこっちに来て」

ファッジはまだ動こうとしない。

ヴィンセントさんは頭にきて、声を荒《あら》げた。「ハッチャー君、君の息子がトドルバイクをこがないなら、すべての仕事を他社へ回させてもらう！」

パパはいった。「ですからヴィンセントさん、ファッジを使うことを考えたのはあなたです。わたしじゃありません！」

「それですむ問題じゃない。ハッチャー君、あの子は君の息子だろう。今すぐ何とかしたまえ！」

「いい考えがあります」パパはいって、スタジオのすみへ歩いていくと、手招きしてほかの人たちを呼んだ。デンバーグさんとヴィンセントさん、カメラマンとジャネットさんが集まった。まるでプレーの前にスクラムを組んで、作戦を確認しあうフットボールチームみたいだ。

「ピーター、ちょっと来てくれ」パパに呼ばれて、ぼくもスクラムに加わった。「うん、パパ、何？」

「ピーター、トドルバイクに乗ってくれないか。ファッジにお手本を見せてやってほしいんだ」

「乗り方ならとっくに知ってるよ。元気に乗りまわしてるの見たでしょ?」

パパが説明した。「だが、カメラの前ではやりたがらない。だから、おまえに手伝ってほしいんだ」

「ぼくもCMに出るの?」

「いや、トドルバイクはもっと小さい子向けの乗りものだ」デンバーグさんが答えた。「そうでなければ君を使いたいところだが」

話はわかった。ブラウン先生の歯科医院や靴《くつ》売り場の時と同じように、ぼくを使って、やらせたいことのお手本を見せるというわけだ。まったく、ぼくの助けなしでファッジにいうことをきかせられる人はいないのか?

ぼくがそばに行って、トドルバイクに乗るからどいて、と言ってもファッジは降りようとしない。「だめ、ぼくの!」

「おまえのバイクじゃないだろう?」パパがいった。

けどファッジは動こうとせず、それどころか目を閉じて金切り声をあげた。その気になればこんな大声も出せるんじゃないか。

結局パパが抱きあげて降ろすしかなかった。ファッジは足をばたつかせて声をあげ続けてる。ヴィンセントさんも後悔してるだろう。ファッジをCMに使おうなんていいださなければよかった、と。

ぼくはトドルバイクに乗った。あまりに小さくてひざが床につきそうだったけど、カメラマンに指示されたコースをどうにか進んだ。

ジャネットさんがファッジにいった。「ほら、見た？　ピーターのトドルバイクの乗り方、すばらしかったじゃない。はい、ピーター、オレオをどうぞ。上手だったから、二つでも三つでも好きなだけ、ね」

ファッジは泣くのをやめていった。「ぼくがやる！」

「なんだって？」パパがきき返した。

「のる、ぼくがのる！」

「ピーターほどうまくは乗れないんじゃないか？」デンバーグさんがいった。

ファッジはいい返した。「のれるもん！」

「そんなことないだろう。ついさっき君の出番だったのに、わたしのいうようにできなかったじゃないか」

「やれる！」

パパがきいた。「もう一回やるっていうのか？」

「やる。いっかいでもにかいでも」ファッジはいう。

デンバーグさんがいった。「どうしようかなあ」

「そうだなあ……」ヴィンセントさんが、葉巻をかみながらいった。

「うーん……」カメラマンが、頭をかきながらうなった。

「やらせて！」ファッジはさらにせがんだ。

こんなに熱心なファッジは初めて見た。

デンバーグさんがいった。「わかった、それじゃもう一度やってもらおう」

ファッジはトドルバイクに駆け寄った。ぼくが降りるとすぐに飛び乗って、デンバーグさんにきいた。「いい？」

「いいよ、ファッジ。そのままこっちへ来て、そう、ここまで」

「ねえ、みて！　ピー、ターみたい、ピー、ターみたいでしょ？」ファッジは声高にいいながら、デンバーグさんの指示通りのコースをこいだ。

ジャネットさんがぼくの頬にキスをしていった。「ピーター・ハッチャー君！　今日は本当にありがとう」

ジャネットさんの目を盗《ぬす》んで、ぼくは頬をふいた。濃い口紅のあとが恥ずかしくて。

9　ある雨の日のハプニング

翌日《よくじつ》は朝から雨だった。なのにパパが映画に行こうといいだした。

「二人きりで？」ぼくがきくと、パパは答えた。「いや、三人だ」

「ファッジにはまだ早すぎるんじゃない？」

「それはそうだが、ファッジも一緒にできることがほかにないんだ。映画なら楽に時間がつぶせる」

「それなら靴下《くつした》で十分だよ。あれを持たせとけばずっとあきずに遊んでるんだから」

「午後いっぱいはもたないだろう。だから映画にしたんだ」

「何を見るの？」

パパは『ニューヨーク』誌をチェックしていった。「近所の映画館で『ある熊の一生』をやってる。どうかな？」

「どんな映画？」

パパが説明した。「熊の生活についての映画だろう。G指定、つまり一般向けだから子どもに見せても問題ない」

　ぼくは面白い西部劇や、一八歳未満は親の同伴《どうはん》なしじゃ見られないアクションいっぱいのR指定映画がよかった。けど、パパが「ある熊の一生」に決めたならしょうがない。

　ぼくはパパに、ファッジをこんな格好で外に出すわけにいかないから、ちゃんと着がえさせたほうがいいといった。どうやらパパは昨夜、パジャマに着がえさせることもしなかったらしい。今ファッジが着てるポロシャツは、昨日の朝ママが出発する前に着せてったものだ。

　午後一時に、ぼくらは出かける準備をすませた。レインコートにゴム長靴、パパが大きな黒い傘《かさ》をさした。ニューヨークに住んでて困るのは、雨の日になかなかタクシーを拾えないことだ。けど映画館はそれほど遠くでもない。歩くことは体にいいとパパはいうけど、歩道には水たまりがたくさんできてるし、ひどい土砂《どしゃ》降りだ。ぼくも、外がそれほど寒くなければ、雨の中を歩くのもいやじゃない。顔がぬれるのも気持ちいい。

　ぼくは水たまりを飛びこえ、パパは避《さ》けて通る。ファッジはどちらでもなく、水たまりを見つけるたびにそこへ行っては、小さなアヒルみたいにしぶきを上げて歩く。映画館に着く頃にはズボンが上までびしょぬれだった。そのまま映画を見るわけにもいかないから、パパはファッジを男子トイレへ連れていくと、ズボンの中にトイレットペーパーをつめこんだ。ファッジは最初文句をいったけど、パパが大箱のポップコーンを買ってやると、すぐに食べるのに夢中になった。

三人で座席に着くと、ファッジの前に大きな男の人がいたので、パパと交代することになった。そうするとぼくをあいだにはさんでファッジは通路側、パパは通路から一番遠くなる。

照明が暗くなると、ファッジがいった。「わあ、まっくら」

「静かに」ぼくは注意した。「映画が終わるまでしゃべっちゃだめだ」

「わかったよ、ピー、ター」

けどしゃべらない代わりに、ファッジはポップコーンを投げはじめた。最初は気づかなかったけど、前列の人たちがやけにこっちをふり向くなあとは思ってた。「ポン、ポン、ポン！」となりを見ると、ファッジが小さなかけ声に合わせてポップコーンをつかんでは投げ、つかんでは投げしてる。

ぼくはパパをつついて耳打ちした。「パパ、ファッジがポップコーンを投げてる」

パパはぼくの前から腕をのばして、ファッジの脚をたたいた。「投げるのをやめないと、ポップコーンをとりあげるぞ」

ファッジは大声でいった。「なげてない！」

「シーッ」前列の人たちが注意した。

「シーッ！」ファッジは平気でやり返した。

ぼくはパパにいった。「ね？　ファッジはまだ小さいから、映画なんて無理なんだよ」

けどスクリーンに最初の熊が登場すると、ファッジは静かに見はじめた。しばらくすると、ぼくはファッジのことをすっかり忘れて映画にのめりこんだ。予想よりもずっと面白い。子熊たちとその生活すべてを、ていねいに描《えが》いて見せてくれる。

ところが、ファッジはいつの間にかいなくなってしまった。ぼくが自分のポップコーンを食べきって、まだ残ってないかとファッジの方を見た時には、もういなかった。びっくりしたなんてもんじゃない。ついさっきまでとなりにいた弟が、ちょっと目を離《はな》したすきに姿を消してしまったのだから。

ぼくは小声でいった。「ねえ、パパ、ファッジがどっか行っちゃったよ」

「なんだって？」

「席にいないんだ」

パパは身を乗り出して空っぽになった座席を見ると、ぼくにきいた。「どこへ行った？」

「知らないよ。ぼくも今気づいたところなんだから」

「わかった、パパが外を探してくる」

「ぼくも行こうか？」

「いや、おまえはここで映画の続きを見てなさい。ファッジはたぶん、売店のお菓子コーナーをうろうろしてると思う」

ぼくは立ちあがって、パパが外へ出られるようにした。ファッジが映画館で行方不明になったなんて、ママが知ったらどう思うだろう。

しばらくして、あるシーンの最中に画面が消えた。レコードの針が飛んだみたいに音声が途切れたと思ったら、ぱっと場内が明るくなった。客席から不満の声があがり、子どもたちが騒ぎだした。「あーあ！」

するとパパが、二人の係員とスーツ姿の男の人と一緒に近づいてきた。パパがファッジのいた通路側の席を指さして、男の人たちに説明した。「確かに息子は、ここに座ってたんです」

スーツ姿の男の人がいった。「わかりました。お手洗いも迷子案内所もチェックしましたし、お菓子売り場の周辺にもいませんでした。館内をくまなく探さなければなりません」男の人は両手をメガホンみたいに口に当てて、声を張りあげた。「ご来場のみなさま、ちょっとおたずねします。映画はのちほど続きを上映いたしますのでご協力ください。ファッジという名前の、三歳の男の子がご家族とはぐれてしまいました。みなさまのお近くにおりませんでしょうか」

ファッジという名前をきいて、笑いだした人もいた。無理もない。きき慣れない名前だし。そのとき、ぼくはふと思った。きっとさらわれたんだ！　ママはどんなに悲しむだろう。なんてバカなやつだ！　映画館になんか連れてくるんじゃなかった！　それにしても、ファッジみたいな子どもをさらうなんて、犯人はいったいどういうつもりだ？

「パパ、ぼく、どうしたらいい?」

「通路を回りながら、ファッジを探してくれないか」

「わかった」

ぼくはスクリーンに向かって通路を歩きだし、何度も弟の名前を呼んだ。「おーい、ファッジ。出ておいで、ファッジ」

「おーい、ファッジ」最前列まで出てきて呼ぶと、いきなりファッジが目の前に現れた。ぼくは驚《おどろ》きのあまり、つい声をあげてしまった。「うわあ!」

「やあ、ピー、ター」

ぼくはみんなに知らせた。「見つかりました。ここにいます! お騒がせしました」それからファッジを怒鳴《どな》りつけた。「このバカ! こんなところで、床になんかしゃがみこんで何してんだよ?」

するとファッジは腕をのばしていった。「クマさんたちにさわりたかったんだもん。でもみんな、いなくなっちゃった。みんな、どこにも……」

パパと係員たち、スーツ姿の男の人がぼくらの方へやってきた。パパが抱きあげていった。

「ファッジ、大丈夫か?」

ぼくは説明した。「熊をなでたかったんだって。そんなのあり?」

スーツ姿の男の人が再び手をメガホンにして、声高に報告した。「みなさま、ご協力ありがとうございました。男の子は無事に見つかりましたので映画を再開いたします。それでは、『ある熊の一生』をラストまでお楽しみください」

パパはファッジを抱いたまま元の席に戻ると、映画が終わるまでずっとひざに乗せて抱きかかえた。急に消えるなんて二度とさせるもんか！

家に帰ると、パパが説明した。「映画っていうのは、テレビみたいなものなんだ。ただの映像だから、さわることはできないんだよ」

ファッジは話をきいてはいたけど、理解したとは思えない。映画館のどこかにあの熊の親子がいるものと、まだ思いこんでるんだろう。もう絶対に、映画へは連れていかない！　少なくとも、九歳か一〇歳になるまでは。

パパは、夕食には特別なごちそうを作るといいだした。映画館でいなくなったファッジが見つかったお祝いだという。そんなの変だ。それにぼくが知るかぎり、パパは料理なんてまったくできやしない。ピーナツバターや皿や、鍋《なべ》なんかをママがどこにしまってるかさえ知らない。ぼくが代わりに教えられるけど。「パパ、何を作るの？」

「超メガサイズのオムレツさ」

「オムレツ？　ぼくもファッジも、そんなに好きってわけじゃないけど……」

パパはハミングしながら材料をかき混ぜる。「きっと気に入るぞ。ピーター、大きなフライパンをとってくれ」

「はい」ぼくがフライパンを渡すと、パパはそこにバターを少しとかした。

「超メガサイズオムレツって何で作るの？」ぼくはきいた。ファッジは床にしゃがんで、鍋のふたを二枚たたき合わせてる。

「もちろん卵さ。オムレツは卵料理なんだから」

「そのほかには？」

「そうだな。マッシュルーム入りのオムレツにしよう」

ぼくはさらにきいた。「卵とマッシュルーム？」

「そうだよ、おいしいぞ！」

「どうかなあ」

「まあ見てろ、ピーター」

ぼくはパパが料理してるあいだにテーブルをセットして、ファッジを幼児用の椅子《いす》に座らせた。

パパができあがったオムレツを持ってきた。まだハミングしてる。

ぼくはそれを見るなりいった。「すごい大きさだね！　卵はいくつ使ったの？」オムレツはフライパンいっぱいに盛りあがってる。

「ざっと一ダースってところかな」パパが答える。

「ママが作る時は、一人一個ずつだよ」

「食べてみればわかるさ、どうしてそんなに使ったか」

「そんなにおいしいの？」

「食べてみればわかる」パパはいって、オムレツをぼくの皿に盛りつけた。

一切れ口に入れてみたけど、まずい！　こんなまずいもの、食べたことがない。けどパパは満足そうな笑顔でその場に立って、ぼくをじっと見てる。きげんを損《そこ》ねたくない。

「どうだ？」

ぼくは大きな一切れをやっとの思いで飲みこんで、「おいしいよ」といった。グラスを手にとって、牛乳と一緒にのどの奥へ流しこむ。

「だろう？　ママももっと色いろ作ってみるべきだな。そしたらいつだっておいしいものが食べられる。いいことだ」

「そういえば、ママはマッシュルームのオムレツなんて作ってくれたことなかったね」

パパは、ファッジの皿にも少し盛りつけて、自分の分も皿に盛った。ファッジがいっぺんに口に入れたので、のどにつまらせるかと思ったけど、ちゃんと飲みこんでこういった。「うん、おいちい！」

パパは喜んだ。ファッジにパパをだますような知恵《ちえ》はない。だから本当に気に入ったんだ。けどファッジは花だって食べるし、自分の歯さえも知らずに飲みこんでしまう。オムレツの味だってわかるもんか。

パパも椅子に座ると、自信作の超メガサイズオムレツを口に入れた。一瞬《いっしゅん》のどをつまらせたと思ったら、それだけじゃすまなくて、はき出してしまった。「なんだこれ！　ひどい味だ。おかしいぞ。卵がくさってたんだろう」

ぼくはいった。「ママが木曜に買ったばかりだよ」

「じゃあマッシュルームだ」

「料理の仕方が悪かったんだよ」

パパはすぐにテーブルを離れて、マッシュルーム入りのオムレツをごみ箱に捨てた。それでもファッジはせがみだした。「もっとちょうだい、もっと！」

「だめだ。おいしくない」パパはいった。

「だめならかぶる！　だめならかぶる！」ファッジはわめき立てて、キッチンの向こう側へスプーンを投げた。スプーンはママお気に入りの鉢植えに当たって、床いっぱいに土が散らばった。

「やめなさい！」パパはファッジをしかった。「そうだ、これからおいしいピーナツバターサンドを作ろう。食べたら風呂だ！　ママは明日帰ってくる。パパは一人でもうまくやれるってことを見せてやる！　ピーター、ママはどこにピーナツバターをしまってるんだ？」

夕食のあと、パパはお風呂でファッジの体を洗った。皿洗いはやらなかった。シンクに食器を積みっぱなしにして、ママに洗わせるつもりらしい。

日曜の午後、ぼくたちはママを迎《むか》えに空港に向かった。その途中、週末の出来事はすべて男三人だけの秘密にしよう、とパパがいいだした。ぼくも賛成だった。ママは出迎えがうれしかったのか、シンクいっぱいの汚れた皿を見ても何もいわなかった。

それから六週間くらい経ったある夜、家族みんなでテレビを見てたら、トドルバイクの新作CMが流れた。ファッジがいった。「あ、ぼく！」

ママが本から顔を上げていった。「ほんとによく似てるけど、やっぱりファッジじゃないわね」

「ちがう、ぼくだよ、みて」

ママは目を細くしたり見開いたりしたりしながら、パパにたずねた。「どういうこと、あなた？」けど答えを待たずに、「うちのファッジにうりふたつだじゃない。あんなにそっくりの子がいるのね！」といって笑いだした。

ぼくはいった。「ほんとにファッジだよ！」

「ほんとにファッジだよお！」ファッジもまねていう。

パパが説明した。「君にはだまってたんだ。びっくりさせようと思って。あれは間違いなくファッジ本人だよ」

「なんですって？」ママは信じられないという顔をした。

「ねえ、ママ。この前リンダおばさんのところへ行ってたよね……」ぼくはそこまでいいかけて、言葉を切った。そしてママの留守中に起きたことをすべて思い出した。


ファッジが水たまりをバシャバシャ歩いたこと。

ずぶぬれになったファッジのズボンにトイレットペーパーをつめこんだこと。

ファッジがスクリーンの熊にさわろうとして行方不明になったこと。

超メガサイズのマッシュルーム入りオムレツ。

ヴィンセントさんと、口にくわえた大きな葉巻。

ジャネットさんと、金魚の形のクラッカー。


ぼくはパパと顔を見あわせて、一緒に笑いだした。

10 ドリブルがくれたもの

五月一〇日金曜日。その日を忘れることはないだろう。ぼくの人生最大の悲劇が起きた。けど朝から特別だったわけじゃなくて、いつもの時間に起きて学校へ行って、昼食を食べて体育館で運動して、ジミー・ファーゴと歩いて帰った。家で着がえたらすぐにセントラルパークへ行って、いつもの岩場で待ちあわせするつもりだった。

エレベーターに乗って、夏が楽しみだとヘンリーにいうと、笑顔でうなずいてくれた。自分の階で降りて、通路を歩いて玄関のドアを開けた。ジャケットを脱《ぬ》いでクローゼットにしまい、教科書は玄関のテーブルに置いて、ママのバッグと並べておいた。それからまっすぐ自分の部屋に向かった。着がえる前に、まずはドリブルに会いたい。

最初に気づいたのは、ぼくの部屋のドアにチェーンロックがかかってなかったことだ。ドアが開いてる。中に入ると、ドアから水そうまで行く途中に椅子《いす》がたおれてて、それにつまづきそうになった。ドレッサーに駆け寄って水そうの中を見たけど、ドリブルがいない！　石と水はあるけど、肝心《かんじん》のドリブルはどこへ行った？

どういうことだ？　ぼくが学校にいるあいだに死んでしまったのか？　キッチンへ駆けこみ、ママに大声でたずねた。「ドリブルは？　どこ？」ママはパンかケーキを焼いてる最中だった。ファッジがキッチンの床にしゃがんで、鍋《なべ》のふたをたたきあわせて遊んでた。ぼくは強い口調でいった。「静かにしろ！　うるさくて何もきこえやしない」

ママがきき返した。「なんですって、ピーター？」

「ドリブルがいないっていってるんだよ。どこに行ったか知らない？」

「水そうに入れておいたの？」ママにきき返されて、ぼくはうなずいた。

「あらまあ！　その辺をもぞもぞはってたらどうしましょう。ママがカメのにおい、苦手なの知ってるでしょう。寝室を見てくるわ。ピーター、あなたはキッチンを調べて」

ママは急いで寝室に行った。ファッジは笑ってる。「ファッジ、ドリブルがどこにいるか知らないか？」ぼくが優しくきいてみても、ファッジは笑ってばかりだ。

「おまえが外へ出したのか？　ファッジ、どうなんだ？」ぼくは強く問いつめた。もう優しくなんかしてられない。

ファッジは楽しそうに笑って、手を口に持っていった。

ぼくは声をあげて、さらにきびしく問いただした。「どこにいるんだ？　ぼくのカメをどこへやった？」

　ファッジは何も答えずに、また鍋のふたをたたきあわせ始めた。ぼくはそれをとりあげて、できるだけ優しくきき直した。「ドリブルがどこにいるのか教えてくれよ。ぼくのカメはどこにいるんだ。教えてくれれば怒らないから。さあファッジ、早く」

　ファッジは上目づかいにぼくを見ていった。「おなかのなかだよ」

「お腹の中？　どういうことだ？」ぼくの目が自然につりあがる。

「ドリブルは、おなかのなか！」ファッジはくり返した。

　ぼくは怒鳴《どな》りつけた。「どのお腹だ？」

「ここだよ。ドリブルはここ！　ほんとだよ！」ファッジは自分の腹をさすりながらいった。

　ぼくは悪ふざけかと思って問いただした。「そうか。なら、どうやって入れたんだ？」

　ファッジは立ちあがり、飛びはねながら歌うように「たーべちゃった、たべちゃった、たべちゃった」といって、キッチンから駆け出した。

　ママが寝室から戻ってきた。「どこにもいないわ。ドレッサーの引き出しも、バスルームの棚《たな》も、シャワーノズルもバスタブも、全部調べたんだけど……」

　ぼくは怒りぐっとこらえていった。「ママ、どうしてこんなことを……？」

「ママが、何をしたっていうの？」

「どうしてこんな、ひどいことをさせたの？」

「だからピーター、だれに何をさせたっていうの？」

「ファッジに、ドリブルを食べさせるなんて！」ぼくはついに声を荒《あら》げた。

ママは、パンかケーキの材料を混ぜあわせながらいった。「バカなことわないで、ピーター。ドリブルってカメでしょう？」

「ファッジが、ドリブルを食べたんだ！」ぼくはママを責め続けた。

「ピーター・ウォーレン・ハッチャー！　変なことというんじゃありません！」ママはぼくをしかりつけた。

「だったらファッジにきいてよ。行って、さあ、きいてみて」

ファッジはキッチンのドアのところでにやにやしてる。ママは抱きあげると、頭をなでながらきいた。「ファッジ、ピーターのカメはどこにいるの？　ママに教えてちょうだい」

「おなかのなか」

「どのお腹？」

「ぼくの！」ファッジは笑いながら答えた。

ママはファッジを抱いたままキッチンへ引き返すと、カウンターに下ろした。そこなら逃げられない。「ねえ、ママをからかってるのよね。そうでしょ？」

「からかってないもん！」

ママの顔が真っ青になった。「本当に食べたの？」

ファッジは大声で笑った。

「口に入れて、かみくだいて、飲みこんじゃったってこと？　こんなふうに？」ママは口をもぐもぐ動かして見せた。

「ちがうよ」

ママの顔に、安心しきったような笑みが浮かんだ。「そうよね、そんなことするはずないわよね。ただの冗談《じょうだん》、でしょう？」ママはファッジを床へ下ろすと、ぼくを見た。

「かんでない、のんじゃった。ごっくんって」ファッジはぺらぺらとしゃべりだした。「そしたらカメ、いなくなっちゃった。もうファッジのおなかのなか」

ぼくとママは、ファッジをじっと見た。

「嘘《うそ》いわないで！」

「ほんとだもん！」

「嘘よ！」ママは声をあげた。

「ほんと！」ファッジも大声で返した。

「そうなの？」ママは不安そうにきき返すと、椅子の背もたれを両手でつかんで体を支えた。

「そうなの！」ファッジは笑いながら返事をした。

ママは何ともいえないつらそうな声をもらした。そしてファッジを抱きあげていった。「そんなバカな！　わたしの天使、大事なかわいい坊やが！　嘘よ、ありえないわ！」

ママは不安でいっぱいなんだろう。ドリブルを飲みこんだファッジがどうなってしまうのか。ドリブルのことより、ファッジが心配なあまり不吉な想像をどんどんふくらませてるんだ。ママは片腕でファッジを抱きかかえ、電話のところへ走った。ぼくもついていく。ママはオペレーターを呼び出すと、必死に説明した。「お願いです！　緊急なんです。子どもがカメを飲みこんでしまいました。笑いごとじゃありません！　すぐに救急車をお願いします。こちらは西六八番通り二五番地です」

ママは電話を切って、ファッジを床に下ろした。顔は青ざめて、涙でぬれてる。何をそんなにうろたえてるんだ？　ファッジは全然元気じゃないか。

「ピーター、お願い、毛布を持ってきて」

ぼくは急いでファッジの部屋へ行って、ベッドから毛布を二枚はぎとった。ファッジはバカみたいににやにやしながら、ずっとあとをついてくる。つねってやりたい。ぼくの大事なカメを飲みこんでおいて、よく平気でへらへらしてられるもんだ。

ぼくが毛布を持ってくと、ママはそれでファッジをくるみ、足早に玄関に向かった。ぼくはあとを追いながら、玄関のテーブルからママのバッグを手にとった。こんな時は、そういうちょっとした気づかいがママの助けになるはずだ。

通路に出ると、ぼくはエレベーターのボタンを押した。大して長く待ってもいないのに、ママはその場を行ったり来たりしてる。ファッジはママの腕に抱かれて、すっかりおなじみになった指しゃぶりの音を立ててる。けどそんなことより、心配なのはドリブルのことだ。

やっとエレベーターが来た。ヘンリーのほかに三人が乗ってる。ママは泣きさけぶように説明した。「緊急なんです。下で救急車が待ってます。急いでください！」

ヘンリーがいった。「承知《しょうち》しました、ハッチャーの奥さん。最優先で、できるだけ早くエレベーターを下ろします」

誰かが後ろからぼくをつついた。ふり向くと、ラダーさんの奥さんが声をひそめてきいてきた。「何があったの？」

ぼくは小声で答えた。「弟が、ぼくのカメを飲みこんでしまったんです」

すると奥さんは、となりにいる男の人にささやいた。男の人がさらにとなりの女の人に、続いてその女の人がヘンリーにささやいた。ぼくは正面を向いて、何もきこえないふりをした。

ファッジを抱いたママがふり返り、悲痛な声でいった。「笑いごとじゃありません。一大事なんです！」

当のファッジはといえば、「おもちろいもん。ファッジ、おもちろいもん！」とくり返すばかりだ。

みんなが笑った。もちろんママは除いて。

エレベーターのドアが開くと、白衣を着た男の救急隊員が二人、担架《たんか》を用意して待ってた。

「このお子さんですか？」一人がきいた。

「は、はい、そうです」ママは涙声で答えた。

「ご心配なく、奥さん。すぐ病院へ運びます」

ママはぼくのそでを引っぱった。「ピーター、こっちへきなさい。一緒に病院に行くのよ」

ママとぼくは青い救急車の後部ドアから、はうように乗りこんだ。救急車に乗るのは初めてだ。車内は整然としてる。ファッジは簡易《かんい》ベッドの上にひざをついて窓の外を見ながら、歩道に集まった人たちに手をふってる。

救急隊員の一人がぼくたちに付き添《そ》って、もう一人が運転を受け持った。付き添いの隊員がきいてきた。「いったい何事なんです、奥さん？　坊やはどう見ても元気ですが……」

ママは小声で答えた。「カメを飲みこんでしまったんです」

「何をしたんですって？」

今度はぼくが答えた。「カメを飲みこんだっていってるんです！」

ママはハンカチで顔をおおい、また泣きだした。

「大変だ、ジョー！」付き添いの隊員が運転手にいった。「急がなきゃ。この患者《かんじゃ》、カメを飲みこんだらしいぞ」

ママは強くいった。「笑いごとじゃありません！」ぼくにとっても笑いごとじゃない。飲みこまれたのはぼくのカメなんだから。

救急車が病院の裏手に着くと、ファッジはすぐに二人の看護師《かんごし》さんに連れていかれた。ママもそのあとをついていった。「君はここで待ってて」三人目の看護師さんがぼくを呼び止めて、ベンチをすすめた。

ぼくはかたい木のベンチに腰を下ろした。コーン先生の病院と違って、本も雑誌も置いてないから時間のつぶしようがない。時計や壁《かべ》の掲示物を見てるうちに、ここは病院の救急病棟《びょうとう》だとわかった。

しばらくすると看護師さんが、紙とクレヨンを持って戻ってきて、「ここでおとなしく、絵でも描《か》いてて」といった。「ママの用事はすぐにすむわ」

看護師さんはドリブルが助からないと知ってるから、こんなに優しくしてくれるんだろうか。けど絵を描く気になんてなれない。いまお医者さんたちは、ファッジにどんな処置をしてるんだろう。考えてみれば、ファッジはそんなに悪いやつじゃなかったのかもしれない。そういえばジミー・ファーゴの小さないとこも、ジミーのコレクションの中でも特にめずらしい石を飲みこんでしまった。ママからきいた話だけど、ぼくも今より小さかった頃、二五セント硬貨《こうか》を飲みこんだらしい。とはいっても、二五セントとカメじゃまるで話が違う！

壁の時計にちらちら目をやってるうちに、約一時間一〇分が経過した。するとドアが開いて、ママがコーン先生と一緒に出てきた。ここでコーン先生に会うとは思わなかった。この病院でも働いてたのか。

先生が声をかけてきた。「やあ、ピーター」

「こんにちは、コーン先生。ぼくのカメは取り出せたんですか？」

「まだだ。だが見てほしいものがある。ファッジのX線写真を何枚か撮ったんだ」

ぼくはX線写真の、コーン先生が指さす部分をじっと見た。

「ほらね。ここに君のカメがいる」

ぼくはしげしげと見てきいた。「ドリブルはずっとそこから出られないんですか？」

「まさか、そんなことはない！　わたしたちがとり出そう。ファッジにはすでに薬を飲ませてある。うまく効いてくれるはずだ」

「何の薬ですか？　どんなふうに効くんです？」

するとママが説明した。「下剤用のひまし油よ、ピーター。ファッジにたっぷり飲ませたわ。マグネシウム入りのミルクやプルーンジュースと一緒にね。それでファッジのお腹からドリブルを取り出しやすくするんですって」

コーン先生がいった。「あとはただ待つだけだ。たぶん明日か明後日《あさって》までにはよくなるだろう。ファッジはしばらく入院することになるが、これからは何でも飲みこんだりはしないと思う」

ぼくはきいた。「ドリブルはどうなるんです？　大丈夫なんですか？」ママとコーン先生は、困ったように顔を見あわせた。それを見れば答えはきかなくてもわかる。けど先生は首を横にふっていった。「ピーター、新しいカメを飼うことだね」

ぼくはいった。「新しいカメなんて欲しくない！」涙がこぼれ落ちてきた。恥ずかしいけど、それを手の甲でぬぐう。鼻水も出てきた。それでもぼくは、しゃくりあげながらいった。「欲しいのは、ドリブルだけだ。ほかのカメなんていらない」


ママはぼくと一緒にタクシーに乗って家に帰った。パパは仕事の帰りに病院に寄って、ファッジの様子を見てくるという。家に着くと、ママが夕食にラムチョップを料理してくれたけど、それほどお腹は空いてない。パパは夜遅くに帰ってきたけど、ぼくはまだ眠れずにいた。パパは暗い顔でママにささやいた。「まだだ、まだ何も変わらない」

次の日は土曜日で学校が休みなので、ぼくは一日じゅう病院の待合室で過ごした。まわりには大勢《おおぜい》の人がいて、本も雑誌もたくさんある。椅子も救急病棟の玄関ホールにあったようなかたいベンチじゃなくて、リビングに置いてありそうなソファだ。ぼくは待合室で会う人みんなに、弟がカメを飲みこんだ事件について話した。おかしそうにきく人はいても、ドリブルがかわいそうといってくれる人は一人もいなかった。

夕食は、ママと一緒に病院の喫茶室《きっさしつ》でとった。ぼくはハンバーガーを注文したけど、ほとんどのどを通らない。食べはじめた時に、ママにこうきかされたからだ。「薬がすぐ効かなければ、ファッジからドリブルをとり出す手術をするそうよ」ママは何も食べなかった。

その夜はおばあちゃんがうちにきて、ぼくと一緒にいてくれた。パパとママは病院に泊まりこみだ。家の中ががらんとしてる。一時間ごとに電話が鳴って、ママが経過を報告してくれた。

おばあちゃんはそのたびに、心配そうな声で答えた。「まだなのね、わかるわ。わたしたちにはどうにもできないことだもの」

心細い。さびしい。ぼくのそんな気持ちに、おばあちゃんは気づいてもいない。鍋のふたをたたきあわせるファッジの姿さえ、今はなつかしく感じられる。真夜中にまた電話が鳴った。ぼくはその音に飛び起きて、廊下に出ていった。何があったんだろうと耳をすませると、おばあちゃんの明るい声がきこえた。「本当？　ついに出たの？　よかった！」

おばあちゃんは電話を切ると、ふり向いてこういった。「ピーター、とうとう薬が効いたそうよ。カメが出たって！　ひまし油とマグネシウム入りのミルク、プルーンジュースのおかげで、カメが出てきたって！」

ぼくはたずねた。「ドリブルは生きてるの？　それとも……？」おばあちゃんが大声をあげる。

「ピーター・ウォーレン・ハッチャー、カメより弟の心配をなさい！」

悲しいけど、もうファッジの中にドリブルはいない。命がこんなに突然終わるものだなんて、思ってもみなかった。ファッジを好きになりかけてたけど、その気持ちも電話が鳴る前ほどじゃなかった。


ファッジは翌朝《よくあさ》退院して、パパに抱かれて家に帰ってきた。ママは両腕いっぱいにプレゼントを抱えてる。全部ファッジのためだ！　ママはプレゼントを下に置くと、ファッジにキスをしていった。「ファッジ、欲しいものがあったらいってね。何でもあげるわ。ママは、愛する息子が無事に帰ってきてくれて本当にうれしいの！」

もうたくさんだ！　プレゼントもキスも愛情もファッジのため、大したご身分だ。おまえの顔なんか見たくもない！　ぼくのカメを飲みこんだことを、ちょっとくらい反省したらどうなんだ。

その夜、パパが大きな箱を抱《かか》えて帰ってきた。きれいに包装されてるわけでもなく、プレゼントらしくないけど、だぶんファッジにだろう。ぼくはパパから顔をそむけた。

「ピーター、この箱に何が入ってると思う？」

「やめてよ、カメはもういらない。そんなものでぼくをなぐさめようったって……無理だよ」

「ピーター、だれがカメだなんていった？　ママと話しあったんだが、今度のファッジの一件で、おまえは本当によくがまんした。大切なペットを失ったというのに」

　ぼくは顔を上げた。きき間違いじゃないか？　ぼくとドリブルのことを、パパとママが気にかけてくれてたって？　ぼくは箱の中に手を入れた。何だろう？　さわると温かくてやわらかくて、毛が生えてる。その瞬間、犬が飛び出してきてぼくのひざに乗って、顔をなめた。やっぱり犬か、と思ったけど、ぼくは驚いたふりをした。

「わあ、ワンちゃんだ！　ねえ、ワンちゃん！」ファッジは声をあげて駆け寄ると、尻尾《しっぽ》をつかんだ。

「ファッジ、これはピーターの犬だ。いつかおまえも自分の犬を飼うことになるだろうが、これはピーターのだ。わかったね？」パパがそういって下がらせると、ファッジはうなずいた。「ピー、ターのいぬ」

「そう、ピーターの犬だ」パパはぼくのほうを見ていった。「ところでピーター、この犬はすごく大きくなる。つまり、さすがのファッジも飲みこめないってわけだ！」

　ぼくたちは笑った。自分の犬っていいものだ。

ぼくは犬を、「カメ《タートル》」と名づけた。ドリブルのことはいつまでも忘れない。そんな思いを込めて。

監訳者あとがき

『ピーターとファッジのどたばた日記』はジュディ・ブルームの代表作の一つであると同時に、人気シリーズ〝ファッジ・ブックス〟の第一作でもあります。

作品は登場人物が語り手の役を兼《か》ねる一人称《いちにんしょう》で書かれています。そこで邦題《ほうだい》は語呂《ごろ》のよさから「どたばた日記」としましたが、原題には日記を意味する「diary《ダイアリー》」などの単語はなく、代わりに「tale《テイル》」が使われています。単純に訳せば「物語」ですが、本来は口で語り伝える物語、口で語っているかのように書かれた物語という意味です。語り手の印象や感情でいくらでも尾ひれがついて大げさになってしまうので、「talltale《トールテイル》（ほら話）」という言葉もあるほどです。

事実を正確に書きとめることより、語り手が何をどう見聞きし、どう感じたかを大切にする。そんな率直な一人称の語りこそ、作者の最も得意とするところです。この作品の主人公ピーターもまた、自分の感じたことをありのままに語っています。いけ好かないクラスメートの悪口も、自分の邪魔ばかりする弟への怒りも包み隠さず、時にはいい過ぎと思えるほどにぶちまけます。父親の職場や、母親とよその奥さんたちとの会話を通して見える大人の世界への疑問も、わかったふりなどせずに疑問は疑問のまま、ただ「どうしてなんだろう」と素直に投げかけます。

ピーターの不満のほとんどは、何をやっても厳しくしかられず、ただ小さいというだけでかわいがられ、甘やかされている（ようにみえる）弟ファッジに向けられます。そんなやりたい放題のファッジへのやっかみやいら立ちは、学校の課題を台なしにされた時に爆発します。その怒りは、弟にばかり構って自分の気持ちなど気にもかけない（ようにみえる）母親にも飛び火します。ですがその爆発があったからこそ母親は自分を見つめ直し、間違《まちが》いは間違いと認め、自分がピーターをどれほど大切に思っているかを伝えることができ、またピーターも自分が弟と同じくらい家族に愛されていることを確かめられたのです。

子どもが主人公の作品というと大人はすぐに〝成長物語〟のレッテルをはりたがりますが、この作品の主人公ピーターには最初から最後まで成長といえるほどたいした変化はみられません。カメのドリブルとの幸運な出会いから悲しい別れまでの、一年にも満たない期間を描いた物語なのだから、当然といえば当然でしょう。それでも、彼の中で何かが変わったのではないか、そんな気にさせてくれることも確かです。ただし作者は、その何かに無理やりもっともらしい言葉を当てはめようとはしません。まだ何かでしかないものは何かのままにしておけばいい、そう考えているのでしょう。

ニューヨークのセントラルパークに面したエレベーター係のいるアパート（日本でいうマンション）で暮らすピーターは、どちらかといえば裕福《ゆうふく》な家庭の子どもといえるかもしれません。それでも作品に描かれる家族の風景はごくありふれたもので、親は仕事や家事や子育てに追われ、子どもは宿題に追われつつも遊びに熱中し、誰もが不自由の中からなんとか喜びを見いだしながら生きている。みなさんの家とたいして変わらないのではないでしょうか。

原題の「Fourth《フォース》 Grade《グレード》 Nothing《ナッシング》（小学四年生、ほかに書くべきことは何もなし）」そのままに、どこにでもいそうな小四男子が身近な出来事におどろき、とまどい、怒り、喜び、笑い、そして悲しむ物語。それは一見かたよった世界のように思えますが、よくよくみると飛びぬけて立派な人も悪い人も、ただ幸せなだけの人も不幸なだけの人もいない、不思議なバランスが保たれた公平な世界のようにも感じられます。そんな日常を感情豊かに生き生きと描き出してみせるピーターは、平凡《へいぼん》でも、いや、だからこそとても聡明《そうめい》な少年なのかもしれません。彼と同じ年ごろの読者のみなさんがそうであるように。

この作品が発表されたのは一九七二年、まだインターネットもSNSもない時代です。だからというわけではありませんが、主人公は字数制限などお構いなしにのびのびと語っています。そんな作品を翻訳《ほんやく》する者として、ツイッターやラインにありがちなそっけない短文や体言止めはもちろん、二、三年もすればカビが生えてしまうような流行語や若者言葉も使わずに、いつの時代にも通用する口語体で訳し通すよう心がけました。何十年も前から世界じゅうで読まれてきた作品は、この先何十年も読まれ続けるはずですから。

さて、四〇年以上前に九歳の少年として生み出されたピーター・ウォーレン・ハッチャーの日常は、二一世紀を生きるみなさんの日常とどこが、どれほどちがっているでしょうか。そんなところにも目を向けながら楽しんでいいただければ、この本に関わった者としてそれ以上の喜びはありません。

監訳者　西田登

翻訳者略歴

滝宮ルリ（たきみや　るり）

宇都宮大学大学院修士課程（応用科学）修了後、自分の感性を生かせる仕事をと思い、翻訳の勉強を始める。バベル各種セミナー参加を経て、バベル翻訳専門職大学院（USA）修了。在学中より各種ワークショップに参加し『小公女』『あしながおじさん』『ホームズ最後の挨拶』『英国流ビスケット図鑑』（いずれもバベルプレス）を共訳出版。

さらなる飛躍を目指し、修了作品でもあった本作を個人訳の作品として出版することを決心。ゆくゆくは同シリーズ続刊もと考えている。

監訳者略歴

西田登（にしだ　のぼる）

一九六三年、愛知県生まれ。バベルで翻訳家の金原瑞人氏に師事。バベル退会後、金原氏の短編翻訳勉強会参加を経てプロデビュー。それから現在に至るまで、主に中高生を対象としたＹＡ作品を中心に翻訳を続けている。

主な訳書にクリス・クラッチャー作『ホエール・トーク』（青山出版　共訳）、『彼女のためにぼくができること』（あかね書房）、ルイス・サッカー作『歩く』（講談社 共訳）、デイヴィッド・クラス作『ターニング・ポイント』シリーズ全三巻（岩崎書店 共訳含む）等がある。二〇一六年には監訳者として『アトムとイヴ』（バベルプレス）の出版に携わった。

ピーターとファッジのどたばた日記

発行日	2016年11月1日
著　者	ジュディ・ブルーム
翻訳者	滝宮ルリ
監訳者	西田登
発行人	湯浅美代子
発行所	バベルプレス（株式会社バベル）
	〒180-0003
	東京都武蔵野市吉祥寺南町 2-13-18
	TEL 0422-24-8935
	FAX 0422-24-8932
振　替	00110-5-84057
装　丁	大日本法令印刷株式会社
印刷・製本	大日本法令印刷株式会社

定価はカバーに表示してあります。

落丁・乱丁本の場合は弊社制作部宛てにお送りください。
送料は弊社負担にてお取り替えいたします。
ISBN 978-4-89449-164-9